半城

蒋离子◎著

浙江工商大学出版社
ZHEJIANG GONGSHANG UNIVERSITY PRESS

图书在版编目(CIP)数据

半城 / 蒋离子著. —杭州：浙江工商大学出版社，
2018.5(2018.10 重印)

ISBN 978-7-5178-2645-3

Ⅰ．①半… Ⅱ．①蒋… Ⅲ．①长篇小说－中国－当代
Ⅳ．①I247.5

中国版本图书馆 CIP 数据核字(2018)第 056610 号

半　城

蒋离子　著

策　　划	杭州万事利天时文化创意有限公司	
责任编辑	王　耀　白小平	
封面设计	林朦朦	
责任印制	包建辉	
出版发行	浙江工商大学出版社	

（杭州市教工路 198 号　邮政编码 310012）

（E-mail：zjgsupress@163.com）

（网址：http://www.zjgsupress.com）

电话：0571-88904980，88831806（传真）

排　　版	杭州朝曦图文设计有限公司	
印　　刷	杭州半山印刷有限公司	
开　　本	710mm×1000mm　1/16	
印　　张	16.25	
字　　数	210 千	
版 印 次	2018 年 5 月第 1 版　2018 年 10 月第 2 次印刷	
书　　号	ISBN 978-7-5178-2645-3	
定　　价	48.00 元	

自　序

《半城》写于二〇一二年。

那时我二十七岁，有着这个年纪该有的慌乱，也有着该有却又不该再有的执念。爱情，自然也成了绕不过去的话题。

爱情到底是什么？尽管已经写了数部与此有关的长篇小说，我仍是不解。

后来，我看到一句话，"爱欲于人，犹如执炬，逆风而行，必有烧手之患"，感慨良多，便有了这个所谓的关于爱情与欲望的故事。

这部十一万字的小说其实是我写给自己的答案。有趣的是，真正理解答案，却是在三十岁之后。如今，这部小说能出版面世，我也算是完成了一个阶段的来自创作和生活的试炼。

从我现在的角度来看，《半城》中的上官之桃、李陌等女性，她们都和现实有一定的距离，所以，她们的故事都显得有些"魔幻"。而她们身处的A城，同样是只存在于虚构的某处。可是，她们的情感是真挚的，对我来说，都是我笔下有血有肉的人物。我喜欢文采殊丽的之桃，也喜欢寡淡零落的李陌。这也是我永不可能成为的两个极端。文学之于我,最大的魅力就在于此。

从 2005 年出版第一部长篇小说算起,我的文学之路已经走了十二年。用十二年来找寻的那些答案,关于创作、关于生活,有些找到了,有些还没有。未找到的,仍将它们抛给时间吧。

这本书给我的先生小柳。既见君子,云胡不喜?

2017 年冬

目　录

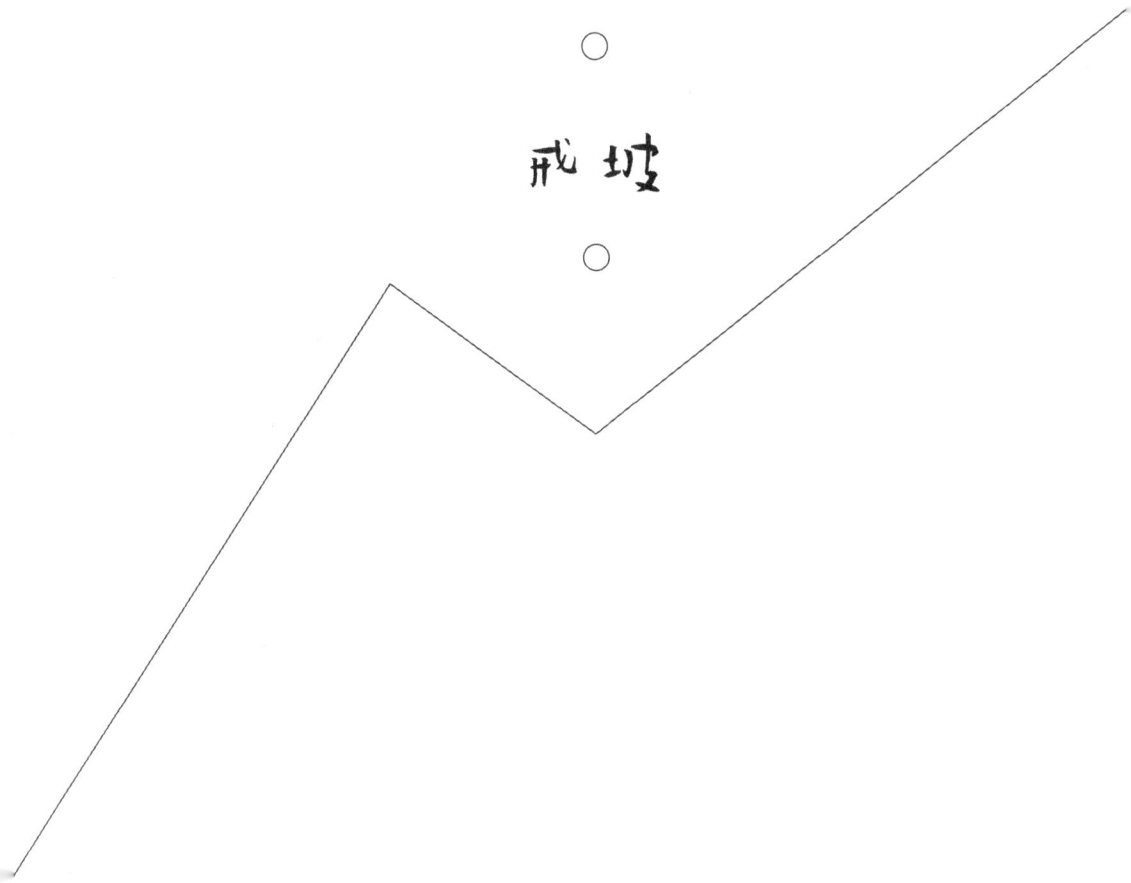

第 一 章

戒坡

1

故事发生在深山老林,他和她并肩游走。

夏末。月色一贫如洗,光亮有些惨淡,从芥草、灌木、花丛中渗出,从远山、瀑布、奇石中透出,似是它们自带着微茫的光。这微茫聚在他深褐色的瞳孔,倒显得清澈明晰。

山里的气息愈见爽净,是叶回厚土的湿润清冽,是花归尘泥的甘香甜美。林雾清气里呈现出山的脊梁和瀑的曲线,她做了个画家取景的手势。他笑:"身在画中便可,不必太贪婪。"

这漫无目的的夜游,他的登山鞋和她的高跟鞋配合默契。

他们是在山顶酒店的小花园里遇到的。酒店后门一条小径直通往半山坡上黛瓦栗柱的四角亭,沿途种满杂乱生长的红玫瑰、蓝中透红的夏枯草、暗香浮动的野百合。田园风格的庭院灯错落其中,光线暗淡脆弱,如同经不起阵风来袭的烛火,却足够让他们看到彼此。

当时,他正坐在亭内的石凳上抽烟。

独自赏花的她走进亭子:"我能坐在你边上吗,先生?"

"坐吧。"他笑了笑,"不过是个座位而已,况且它不属于我。哪个男人会拒绝年轻姑娘的这个小小要求呢?"

年轻当然是好的。这一点,她姣好的身体曲线告诉了他。只是,她天真的媚态又告诉他——年轻是危险的。仅仅是个年轻女人就算了,若附加着美貌的资本,甚至还有些许罗曼蒂克气质——对于遇到她的男人来说其实是喜忧参半的。

不过,他并不缺女人。

他缺少的究竟是什么? 这也是为什么要孤身出行的缘由。他有很多事情需要思考,这些事情非要远离凡尘才能分析透彻。即便已近不惑,他仍然迷乱不堪。

她抚摸着高跟鞋和纤细的脚腕,丝毫没有责怪他把烟灰弹到她鞋背上的意思,倒让他有些尴尬了。尴尬的同时,竟发现手心是微微发烫的。这感觉他很久没有过了。于他而言,这是害羞的标志。

这是他来到戒坡的第二十一天,也是最后一天。在佛教里,把单数看作阳;古代英国人认为七的倍数是吉利的;二十一朵玫瑰代表最爱……当然,一概与他无关。他决定待上二十一天,仅仅是因为抱了不管三七二十一的信念,狠下心来抛工作、关手机、断网络,好好享受清心寡欲的日子。

他万万没想到,在戒坡的第二十一天会邂逅一个姑娘。一个大多男人看到都想拥她入怀,却又担心一转头她就投入别人怀抱的姑娘。他开始嘲笑自己——原来,兽的本质并未因清心寡欲而消减,人若是浮夸到了某个地步,再怎么归隐山林都无济于事。

她说:"奇怪,明明是一座山,名字倒叫'戒坡'。"

"出来游玩之前,你应该先了解景区的概况。不过名字并非重点,既然是玩,就不应该有重点。"

"我猜,爬上山的人都有戒不了的东西。戒不了才要逃避,对吧? 你要戒的是什么? 绝对不是烟,是吧?"

他的笑是从鼻子里发出的,执烟的手轻轻一扬,长长一截烟灰随之落下。她后来回忆,那截烟灰并没有马上落地,而是先落在她的鞋面上。

她并未生气,只是俯身,抬腿,轻吹一口气,扬起眉毛看他。

而他的回忆里是什么都没有的,唯有她的臂膀和手背:确切地说,是那被月光晒得泛青的臂膀——庸脂俗粉偏又骨骼清奇,倒是璞玉的质地;细长的流动着血液的脉络蜿蜒在她的手背上,若隐若现,像极了他早春采摘的高枝上最鲜嫩最明绿最多汁的香椿。

余一得是故意把烟灰弹到上官之桃鞋面上的。

说实话,他对她的招摇略微不满。

女人应该娴静,如果再有一点姿色、有一点拙朴、有一点风情、有一点知趣,这样最好,比如那些 A 城女人。

他再次点燃一支烟,发现她在看他。

那是一抹清亮的光,从她的眸子里温和地散射出来。她好像在探询、在关切、在期待、在等候,她的眼睛会说话,而且那些话他琢磨不明白。

"吃太饱了,得想办法消食。要么,一起走走?"他说。

她笑:"还是算了。谁知道你是好人还是坏人。"

"我是坏人。"他一本正经。

"那走吧。"

"我说了我是坏人。"

"我也没说非要跟好人同行。"

余一得闻到了上官之桃长发上洗发水的味道,和他用的是同一个牌子。她穿的是黑色香云纱旗袍,咖啡色绲边,绣了黄色的蟹爪兰。他还观察到些别的,尤其是她优美的侧脸,像工笔画里的仕女,线条感十足,精致秀丽。

上官之桃明白的,她自以为是地透析男人的心理。这个男人在观察她,似手执弓箭远观猎物。她躲闪在草丛里,若隐若现,却又希望奋不顾身牺牲在一位勇士的箭下。她一直把自己当猎物,她要找到英雄,为他垂死。

他们在行走,或者说他们在漫步。

余一得在戒坡的二十一天,试图清心寡欲的二十一天。对于他来说,最不堪忍受的就是激情消散、百无聊赖。他有着强烈的虚空感,又极其不安地拖着空乏的皮囊。妄求内心的安静并不是那么简单的。

他看着身边的姑娘,她并不属于他,甚至连她自己都不知归属在何方。因为这样,反而是一段可信任的关系。下山后,分离散,他们此生不再相见。陌生人是可靠的,在一些时候,他们不需要知道对方的名字、年龄、籍贯、职业和社会关系。

"你呢?又是为什么来戒坡?"他问她。

"下个月,我就要结婚了。想在结婚前单独旅行一次。以后怕是没机会了。"

"的确。"

"你结婚了吧?"

"算来,已经十年有余。"

"我猜,你和你夫人要么感情非常好,要么……"

"哦?"

"感情非常要好,信任你,才肯放你出来;感情不好,无视你,才不会管你到了天涯还是去了海角。"

"就在上个月,她和我办了离婚手续,"余一得笑着,递了支烟给上官之桃,"陪我抽一支?"

"好。"她很爽快。

烟雾里,她的轮廓还是很清晰,左手拿着烟,右手垂在身侧,靠着一棵树。他脱下自己的外套,给她披上:"那么好看的衣服,可别弄脏了。况且树上有露水,着凉了我可担待不起。"

"你总是那么体贴?"

"偶尔。"

他们都笑起来。

2

二十六岁的上官之桃,马上就要步入婚姻殿堂,准新郎是她相恋一年的男朋友潘小瑞。他们买了婚房、定了婚期、拍了美照、写了请柬、订了酒店、请了司仪……像所有新人那样。比她大五岁的潘小瑞是一个无可挑剔的结婚对象。年轻的整形科医生,家境殷实,修养良好。

他是上官之桃的母亲上官梅去做拉皮手术时结识的,她觉得这位潘医生如果不成为自己的乘龙快婿,简直有些暴殄天物。便拿了女儿的照片给潘小瑞:"这是我女儿之桃,我总觉得她应该丰个唇,你帮我看看?"

他笑着说:"已经很完美。"

上官梅又邀他出来吃饭,上官之桃是中途才来的,并不知道母亲给她安排了一个相亲对象。她左手提着笔记本电脑,右手抱着几卷图纸,肩上是一只硕大的单肩包——里面装满了或有用或无用的物件,她喜欢把它塞得鼓鼓囊囊。

潘小瑞站起来,轻声打着招呼:"之桃,你好,我是你母亲的医生,我姓潘。"说完,顺手拿过了她的笔记本电脑和图纸,妥帖地放进餐桌的抽屉内,再拉开一把椅子:"请坐。"

上官之桃以为这是母亲的新男友,报之以微笑:"谢谢。"

未到五十岁的母亲,说到底也不过是一个单身女人。从上官之桃记事起,母亲就从没刻意隐瞒过自己的感情生活——这位叔叔不错,两个月后,便不知踪影;那位伯伯不错,半年后,母亲就不再与他来往。眼前这位,怕是应该叫"哥哥"了。但上官之桃并不觉得奇怪,母亲做什么她都不觉得奇怪。

"听说你是服装设计师?"潘小瑞问道。

"算是。"

他喝完一口汤,用纸巾轻轻擦拭嘴角,"我喜欢服装设计师。"

她迎上他略带欣赏的目光,才明白原来他并不是母亲的新男友,而是母亲为她安排的一次相亲。

后来,他们开始约会。第五次看电影时,他的右手不小心碰到她放在椅背的左手,见她没有移开,便将手紧紧覆盖上去,说:"我们,定下来吧。"

那个晚上,他带她回家。位于十八楼的单身公寓,自窗口往下看,这个城市的繁华尽收眼底。她以为,城之所以为城,大抵是因为夜晚的那些灯,还有那些灯照不到的角落。城市里有无数秘密,这些秘密要到暗夜才绽放。像夜合欢,开过了,香过了,可是无人知晓。那些秘密,关于城市里的男人和女人。他们歇斯底里的罗曼史,车水马龙里匆忙慌乱的交集。

潘小瑞站在上官之桃身后,揽住她,轻咬她的耳垂。

一半反感一半欢喜,一半厌恶一半热爱。她试图推开,他扳过她的脸,对视三秒,随后吻上她的唇,不由分说。

是陌生男人的气息,混合着洗发水、沐浴露、古龙水和来苏水的味道。

他腾出一只手,隔着她的连衣裙,摩挲她柔软的腰臀,暖流慢慢涌遍她的全身。

她知道他和他们不一样,其实,每个男人都不一样。他比之前在酒吧邂逅的健美教练要温存,却又比前男友曲昂要粗鄙。这也正常,大多时候,她觉得任何男人都比不上曲昂,特别是床笫之间的这件小事。又或者,她在意的根本不是过程,而是事前事后曲昂都会紧紧拥抱她,再有那些呢喃耳语,让她以为自己是他的无价之宝。

上官之桃忽然伸手去触摸潘小瑞的脸,凉凉的,没有她想象中的暖意,大概和他手术室里的一件器械无异。这是一个不太有情感也不太需要情感的男人,她这样揣测。

上官梅曾说:"之桃,我希望你像其他女孩一样,到了一定年纪,结婚生子。你可以的。"

此时,潘小瑞已经探手进去解她的胸衣了。一切安安静静,谁也没有发出喘息声,唯一听到的是这个城市繁华又匆促的喧嚣,它是最合理的背景音乐。

上官之桃把身子往后一仰,狠狠地堕进了沙发里。

3

有人说,一个时代是一片树林,城市则是林中大树。

云层垂垂、行人漠漠,雾蒙蒙的天空遮蔽了所有幻想。看似繁华而井然有序的城市,每张佯装宁和的脸都难以掩盖内心的波涛汹涌。

上官之桃需要旅行,她觉得自己像一块闷在罐头里快过保质期的午餐肉。

她并不清楚要去哪里,随机坐上一列火车,八个小时后,抵达这个小镇。这里唯一的景点就是那座山,不高不低,不奇不秀,有的只是清静,这就够了。她的高跟鞋和旗袍并没有对爬山造成影响,是萋萋草木中一个靡丽的倩影。

婚前综合征,她给自己下的诊断。

然后,遇到余一得。

植物的香气和月色的柔光织起一张巨大温存的网,她披着他散发着淡淡烟草味的外套,倚着一棵树,从来没有过的安耽、平和。

她说:"下个月,我就要结婚了。"

"是。"

"我的未婚夫是一位整形医生。"

"挺好的。"

"有一次我推开他办公室的门,他的双手正放在一个女患者的乳房上。"

"然后呢?"

"我把门带上,离开。"

"他追出来了吧？"

"没有，他只给我发了一条短信，说他在准备隆胸手术。"

"难怪。"

"可是，你听说过一个36D的女人还嚷嚷着要去隆胸的吗？"

"36D？你目测的？"

"两只硕大的水蜜桃。"

"不过，36D嘛，我估计只有孔老夫子和柳下惠才可视而不见、坐怀不乱。"

"男人，都这样？"

"倒让我想起一个段子：某富翁想要娶老婆，有三个人选，富翁给了三个女孩各一千元，请她们把房间装满。第一个女孩买了很多棉花，装满房间的二分之一。第二个女孩买了很多气球，装满房间四分之三。第三个女孩买了蜡烛，让光线充满房间。最后……"

"富翁选了胸部最大的那个。"

"你看，你不是明白这个道理吗？"

上官之桃看着余一得，目不转睛："如此说来，你也是这类人？"

"只能说，我也是一个正常的男人，而且还算健康。听我句劝，回去后安安心心把婚礼办掉，如果为了这种没头没脑的小事情和自己过不去，太不值得。"

"我可不是为这个才不想结婚。"

"还有别的？"

"你可能理解不了。"

"没有什么是我理解不了的，在你这里。"

"我不爱他。"

"自相矛盾了。之前还吃着他的醋，这会儿又说不爱。"

"是两个概念。我那不是吃醋，是看不顺眼，觉得藏着掖着在办公室里假借工作之名偷情,这男人太混蛋。但爱呢,是一种感觉,感觉不到位,其他一切都白搭。"

"懂了。"

"真能懂?"

"当然。不过我倒想问一问你,'偷情'要是不藏着不掖着,难不成去大马路上才好?"

"想必你常'偷'?"

"怎么说呢,不常,但有过。"

她一笑,并不说话。

他也笑了:"不信?"

"深信不疑。"

白色的月光透过层叠的树,披洒在上官之桃和余一得脸上,这两张对彼此来说还很陌生的脸。他们站累了,找了一张石凳坐下。石凳很凉,略有些潮湿,余一得说:"把我的外套垫在下面,会好些。"

"可以吗?"

"不过是件衣服。"

"嗨,和我说说你吧。你的故事。"她就这样看着他,期待、期许还有鼓励,甚至带着鼓舞人心的神采,像是她拉扯着他的衣袖跟他撒娇——你说啊,你为什么不说? 快说嘛。

他顿了顿:"我想抽支烟。"

4

城市的暗夜比白昼更具包容性。它接受一切理所应当和不可理喻,默许一切预料之中与出乎意料。放肆、放纵、放逐过后,月与日交接之时才是这城市唯一安静的时刻。它要歇息了,卧躺在大江上,静若处子。但,安静有时候比喧嚣更可怕。

余一得没有喝醉,他从游船上下来,拎着外套,长叹一口气。他像之前很多个三更半夜一样,坐倒在江畔,沾满露水的草芥弄湿了他的衣裤,凉意渗入肌肤。就这样,他和城市一样平息下来了,与这个生活了十五年的城市融为一体。他和它,总算可以平等地坐下来互相审视了。

江上的雾气与星点灯光交合在一起,倒像是梦境。十五年前,一个年轻人带着他简单的行李,坐着父亲撑的竹排,顺着江一直荡到这里。他观望着江两岸的景象,飞鸟掠过之处,那些楼房、汽车、行人、店铺、商厦。而他,即将投奔它,开始新的生活。

这里生活着各式各样的人,甚至不能够用性别来划分,只能分成靠谱的和不靠谱的。靠谱的人往往是社会中坚力量,按照工业化和城市化时代的主流价值取向生活。不靠谱的人是城市之所以异彩纷呈的重要因素,他们过着想当然的生活,随时随性改变人生路线。

余一得早年纠结过此问题,可他始终处于游离状,行走在靠谱与不靠谱之间,无所事事。很多次他想证明这个世界是不靠谱的,但个人是靠谱的。在一个不靠谱的世界上,哪有完全靠谱的个人呢?他错了。

二十四岁,在这个城市里结交了很多和他年纪相仿的朋友,他们把理想系在手上,用奔跑放飞它。他们喝酒、唱歌、打牌、恋爱,无乐不作,却事事都有尺度。这尺度是刻在手臂上的,嘱咐他们有必要的循规蹈矩。

同时,他们满腔热血,看起来高高瘦瘦的他,也曾对着大江写下豪言壮语。白天,他在《大江》杂志社上班,彼时,这是一本无比高尚的纯文学刊物;晚上,他或玩乐或约会,及至后半夜才开始创作,灵感总是猝不及防、来势汹汹,让他爬格子爬得一往无前。二十八岁后,余一得成为文人。接着,成家立业。

三十九岁,和结发十年的妻子办了离婚手续。崇尚文学的《大江》在文学不再高贵的时代很合时宜地变身为一份五花八门的"卤味拼盘",更名为《A城画报》。

画报里的城,繁华如锦。美好的季节将给A城人民带来累累硕果,旅游旺季会让全市经济再次活跃,各行各业欣欣向荣;著名民营企业家林五六致富不忘回报社会,决定修复已经垮了两年却已有数百年历史的长兴塔;优秀环卫工人表彰大会上,市长感慨万千,甚至向他们鞠躬致谢;如何选购实木家具;离异有孩英俊多金男一名,征温柔贤惠女友;美貌单身女硕士一名,诚意交友;"不夜城"广场即将动工,A城的夜从此不再寂寞……

寂寞。他的同事们热衷于一种"偷菜"的网络虚拟游戏,他们说,偷的不是菜,是寂寞。他不禁哑然失笑,原来周遭的一切并不是热闹,是寂寞。他不以为自己会寂寞,尽管每次看到"莫愁前路无知己,天下何人不识君"时,总会有一星半点儿感慨。

天已经发亮,百无聊赖的他从江畔走到老城桥上,花鼻子举着一块红幡走来,嘴里念叨着:"宅弥万里兮,曾不足以少留。悲世俗之迫隘兮,揭轻举而远游。乘绛幡之素蜺兮,载云气而上浮。建格泽之修竿兮,总光耀之采旄。"

"《汉书·司马相如传》。"

"一得,我念了一天了,只有你知道出处。"

"他们知道,他们未必会说。你举了红幡做什么?"

"红幡,风调雨顺,国泰民安。"

"好彩头。"

"林五六昨日来算过卦。"

"哦?他还用算?"

"他问婚姻。"

"我可不想知道他的婚姻。"

"一得,你看,"花鼻子指着天边一朵红云,"天有绛云,你说它像什么?"

"我没心情看云。"

"这些年你浮躁啦。留心些,像你年轻时候那样。"

余一得仔细看了看那云彩:"像花。"

"什么花?"

"有五瓣……像是……"

"一朵桃花五瓣心绪。"

"你说我有心事?"

"这老城桥上来来回回的人,哪个没有心事?"

"不过是朵云彩。"

"桃之夭夭,灼灼其华。前些天我说你招桃花,你忘了?"

"我想出去走走。"这些年,他很喜欢出去走走。只是,每次都不知该去哪里。

"去戒坡吧。"花鼻子放开红幡下面的木棍,扬长而去。

只留余一得拽着幡,立在老城桥,似笑非笑。

5

余一得省略了这些自认为无须多言的故事,只说是一个算卦的将他引到了戒坡。上官之桃不再发难,这是她的可贵之处。没有十分必要的话,绝对不去刨根问底。况且,他们是陌生人。

月亮渐隐下去,替代它的将是一轮朝阳。

"没想到,我会和你闲聊了一晚上,现在还要一起看日出。"她笑。

"我希望,你能对自己好一点。"他说。

"怎么?"

"你看,天亮后,我就要离开戒坡了。因为比你年长,难免要嘱咐几句。如果是爬山,最好不要穿高跟鞋;即便是夏天,夜里也有凉风,穿无袖的衣服容易感冒;假如一定要去未婚夫的办公室,得先敲门;要是下次在别的地方遇到类似我这样形迹可疑的大叔,千万不要和他说话。"

她慢慢坐过去,靠近他,轻声问:"大叔,借我个肩膀,可好?"

"好。"

"有一次,我父亲嘱咐我。他说,吃牛排要左手刀右手叉,七分熟比较好。"

"很实用。"

"在他说过的为数不多的话里,这句尤其印象深刻。"

天边微有一线白光,除此之外,视线所及之处皆是暗黑的铁青色。随后听得不远处传来的一串爆竹声,噼里啪啦的,再夹杂着鸡鸣声,戒坡竟一下热闹起来。

"居然有人放鞭炮?"

"今天,据说是当地人祭山神的日子。"

"这山上有神仙?"

"且不管这些,我倒觉得,能在这山上无拘无束地住了二十一天,就已经赛过神仙了。"

太阳好像被这声响吵醒了,洒过来一道道耀眼的金光。隔了一会儿,他们仰头看,天空覆盖了万道霞光。鸟雀自树丛里飞出,虫儿在草堆里窸窣。一阵山风吹过,终于把戒坡惹亮了。

余一得的脸在朝霞里呈现着胭脂色的光彩,上官之桃伸手去触碰——是中年男子已经不太光滑的皮肤。略有些粗糙、略有些暖意,让她想起街边在卖的烤红薯。于是,她笑起来。

他拿下她的手,把她放到自己掌心:"有句话本不想告诉你。"

“说吧。”

“我从没见过你这样的女人。我的生活里,没有你这样的女人。”

“怎样的?”

“无所顾忌、胆大妄为。”

“就这些?”

“天真却不自知。”

“也许。”

这时,传来此起彼伏的山歌声,是极难听懂的当地方言。歌声在山谷里回荡,缥缥缈缈。

“他们唱的是什么?”她问。

“月亮追着风跑了一夜,累了。风追着太阳跑了一程,散了。姑娘丢了鸳鸯帕,断了。老汉折了旱烟杆,戒了。累了,累不怕;散了,散不开;断了,断不掉;戒了,戒不净。”

“是这样的?”

“哄你的,我也听不懂。怕你失望,瞎掰了一段。”

“总之,掰得不赖。”

余一得拍拍上官之桃的脑袋:“我该走了。”

“行,我打算再坐一会儿。”她拿起他垫在石椅上的外套,“别忘记这个。”

他伸手去接时,她笑道:“我叫上官之桃,请记得我。”

“上官之桃?”

“嗯。”

“桃之夭夭,灼灼其华?”

“这正是我名字的出处。”

“那么,之桃,我走了。”

“再见。”

"只怕没有机会再见了。"

"未必。"她笑着,给了他一个得体的拥抱。

第二章

大江

1

我叫李陌，木子"李"，陌生人的"陌"。

我在罗曼史。罗曼史是一家咖啡馆。

罗曼史咖啡馆在城的南边，偎着江，风情万种。

城是 A 城，不新不旧、不大不小。是那种……嗯，你如果不小心路过便会不小心遗忘的地方。要么你像我一样，长住下来；要么你像那些游客一样，暂停下来，如此，才能体悟出 A 城的非同凡响。

是秋天。江两边，种着落叶乔木，一片片耀眼的金黄色。秋天的 A 城最多的就是人气。国外的、国内的、省外的、省内的、城外的、城内的。各种语言、各种长相、各种身材、各种年纪、各种阅历、各种心情。唯一相同的是目的，他们都在寻找乐趣。

贴心的导游往往会告诉游客，所谓伊人，在水一方。

自然，这看起来五光十色的城不可以没有女人，尤其是风景一样的女人——长靴、短靴代替了单鞋，披肩、风衣代替了薄衫；扎了一个夏天的长发放下来，做成各种卷、各种烫；丝巾可以系头发上、脖子上、腰上、臂上，只要颜色够鲜亮够显眼；毛衣链或者腰链随着身体的摆动而熠熠生辉；皮包、布包、藤包，难分胜负。有钱的 A 城女人和没钱的 A 城女人，都往同一个流行趋势看过去。当这样一堆女人出现在 A 城街头，定会吸引每个游客的目光。

而当她们身后的背景是金黄色的落叶乔木时，更让人叹为观止。非要说 A 城有风景，我觉得这才是唯一的。

我的乐趣，就是站在窗边看这些游客。看他们下了车、上了船。从一种交通工具过渡到另外一种，从陆地转移到大江。

是,江的名字就叫"大江",一横一撇一捺,是宽泛的气场。它负载着来自四面八方的游客——他们的船从它身体上穿行而过,唱歌、呐喊、喝酒、饕餮,拥抱、亲吻、哭泣、发呆。

船娘们带着职业化的笑容,船夫们一律都有好口才,这个时候,导游可以歇下来喝一壶温热的老酒了。船夫们的故事和 A 城有关,和大江有关。

更好玩的游乐项目往往是在酒足饭饱之后,当你问及这个项目,导游不会轻易推荐,船娘变得支支吾吾,船夫就只是笑。此时,穿着鲜艳 T 恤、戴着筷子般粗壮金项链的青壮男子就会出现。

他们拍拍你的肩,打量你、审视你、评估你,这一切只需要五秒钟——经验丰富的据说一秒就够,然后拿出手机,按重拨键:"有客到。"三五分钟后,一艘小汽艇驶来,他们跳进去,向你伸出一只手。

你搭上这只手,就搭上了 A 城的极乐之舟。

你只要和他们打过一次交道,就会有第二次、第三次;你只要登过一次极乐之舟,就会有第二次、第三次。

那是另外一个世界,我所不了解的世界。

上官之桃说:"这城市本身就是一条大江。大江里的事情,只有大江才知道。"

她说这话的时候,穿了黑袍子在年久失修的古城墙下行走。那对夸张的大袖子被风鼓起,她像就要起飞的大鸟。

对我来说,上官之桃不同寻常,这是我认识的第一个复姓朋友。

水雾弥漫的清晨,枯草上的露水弄湿了上官之桃的白色羊皮高跟鞋。她的头发被树枝缠住,一晃头,满树的露珠劈头盖脸洒过来。

2

一年前,上官之桃推门而入,选了个靠窗的位置坐下,笑得不深不浅。

服务生正要走过去打招呼,我说:"还是我去吧。"

上官之桃点了杯柳橙汁,右手从包里掏出一本杂志,左手食指按着封面:"请问,这个男人你见过吗?"

"见过"。我笑。

"我要找他。说起来运气真不错,才下飞机,进得城来,溜达着就看到你们这家咖啡馆了,恰巧就碰到你,而你刚好就知道他。"

"江边这条步行街上,你找个貌似知识分子或者知识分子的家伙,随便一问,他们多半也都知道他。"

"那,你认识他吗?"

"他偶尔来这里。"

"你是这里的老板娘?"

"我更愿意人家叫我老板。"

"请你帮我找到他。"

上官之桃是那种一眼就能让人记住的女人。

额头宽阔,深褐色的瞳泛着明亮的光芒,茂密的长卷发盘成圆髻,耳边别一朵精致的水钻桃花,下巴上有一道明显的美人裂。

月白长袖连衣裙,黑色系带细高跟凉鞋,没有穿丝袜,自然光洁的小腿侧摆在小圆桌底下,裙摆摊在沙发上,微有些褶皱。

裙摆和小腿交界处是一小截玉白的大腿,却不是故意彰显,只露得恰到好处。

她十分和气,神情里全是善意。举手投足间透露着优雅大方,笑容都挂到了眉梢上。

我所能给她的,不过是一杯并不打算免单的柳橙汁;她给我的却是一个别开生面的世界。那个下午,我们知道了彼此的姓名、年龄,并大肆谈论时尚、音乐、绘画、文学,上官之桃是如此健谈并且懂得察言观色,她带来的是一种被尊重、被喜欢、被认可的感觉。

我很愿意听她说话,她总能揣测到我感兴趣的话题,这种随时准备着趋炎附势的姿态,没有城府的年轻姑娘绝对做不到。

一个小时过后,我决定当她的朋友,我需要她。

是的,得有这样的人,因为我们总喜欢被体恤、被取悦、被迎合。

随后,我叫过我的领班:"抹茶,余一得的电话,你可有?"

抹茶微微惊诧。

上官之桃连忙摆手:"不,我不要他的电话。只希望,哪天他来这里喝咖啡,你能告诉我一声。我会在 A 城住下来,除了为谋生做点准备,会剩下大把时间来等他。"

"那倒不用那么夸张,他今晚就会来,"抹茶笑道,"来 A 城就只为了他?"

"嗯。"

抹茶指指窗外那条宽阔的江:"A 城有趣的东西还有很多。我敢打赌,他不会比那些更有趣。"

"你和余一得很熟吗?"上官之桃问。

"我的男友刚好是他的朋友。"

"那我们应该成为朋友的,你是叫'抹茶'?"

"是。"

"抹茶,你好,我是上官之桃。你可以叫我'上官'或者'之桃'。"

3

余一得并不常来罗曼史。

对知识分子一类的人物,我喜欢保持一定的距离。我永远没办法弄明白他们深邃眼神里藏着的东西,他们点一杯蓝山未必就是因为喜欢蓝山,他们点一个果盘未必就是喜欢果盘。当然,弄明白也无用处。

抹茶曾反驳我,她以为知识分子是进化得最彻底的人类,她喜欢结交他们。她的理想是当"自由知识分子",比"知识分子"又上了一个台阶。知识分子类的客人似乎也很愿意教化抹茶,她便有了许多"老师",余一得亦在此列。

不过,理想和现实的差别无须多说,定然是一个骨感、一个丰满;一个销魂、一个失魄。被教化过仍然不懈地接受教化的抹茶,她照旧是也只能是罗曼史的领班。那也没什么不好,倘若不出罗曼史的门,她就是"一人之下,十来位服务生之上"的"大人物"。

除了抹茶,没人会和我谈理想。对我来说,好像也无须为此殚精竭虑。因为,看起来,我的理想和现实已经完美统一在罗曼史了。

罗曼史曾经属于周御和我,周御是我的前夫。"罗曼史"这个名字已经不记得是谁帮忙取的,周御似乎不太喜欢,我倒能欣然接受。

这间小小咖啡馆营业半年后,周老板忽然对外宣布移情别恋,要为真爱舍弃一切,便将它交给了老板娘,好让我有个安身立命的依托,有个了断、有个交代。没有了老板,其实也就没有了老板娘。

从此,我拒绝任何人称呼我为"老板娘"。

至于抹茶,她本是罗曼史的普通服务生。周御离开后,他的亲信皆作鸟兽散,非亲信则担心我发不出薪水,也都拍屁股走人了。唯独抹茶未

走,她给躺在长沙发上啜泣的我盖了条毯子,笑了笑:"这里会更好的。"

颓然、懒散如我,除非抹茶这般坚毅、勤勉的女人,再找不到可以信赖的助手。她帮着我把"罗曼史"经营得有声有色,两年后,我们拓宽店面、重新装修。

大概是怕失去抹茶,我曾扬言要她当我的合伙人。

她像个知识分子那般视钱财如粪土,严词拒绝。

我总觉得话一旦说出去便不好收回,强压着她签了合约。

这就是罗曼史的抹茶,一身清骨非俗流。

非但如此,这些年来,她还自学成才,摸索出了一整套经营管理体系。如果不是我拦着,罗曼史怕是已经把分店开到了城西、城东、城北。

我,怕累。

见抹茶精力旺盛,我就催她恋爱,在有限的交际圈子里给她物色男友。除了弄得我自己心力交瘁外,没有任何结果。

及至四年前的一个凌晨,罗曼史打烊后我折返回去拿落在吧台抽屉的车钥匙,才知抹茶的事情已经无须我操心。大堂昏黄的壁灯下,一张红绒布三人沙发里,赤条条的抹茶坐在一个赤条条的男人身上。她正对着我,揽着那个男人的头颅,发出低沉而愉悦的喘息声。这是我从未见过的抹茶——纷乱的发、小而坚挺的胸部、被那男人的大手紧紧扣住的极细的腰。

我正去留两难、满脸尴尬之际,那男人发现了我,急急忙忙推开抹茶:"李陌……"

这才看清,是章吾,居然!

章吾慌乱地拿桌布盖住下体,抹茶倒是赤身裸体从沙发上站起,一件一件穿好衣服,说着:"姐,你别走,你听我说。"

我假装镇定,指着章吾:"抹茶,你可知他是有妇之夫?"

她握紧他的手:"知道。只是,我没想嫁给他。"

"就这样？"

"就这样。"

我从未觉得章吾有什么好，尽管他是诗人、是对街章记川菜馆的老板、是罗曼史最忠实的VIP。所以，我也不会觉得余一得有什么好，因为他是章吾的朋友。

于是，我问上官之桃："你为什么非要不远千里来找余一得？"

她低声说着："李陌，不管你信不信，我想我爱上他了。"

对我来说，她这句话远比那次看到章吾和抹茶在罗曼史的红绒布沙发上做活塞运动要有震撼力。

上官之桃双目炯炯，脸色红润，嘴角上扬。

并且专注、严肃、诚实、坦率，兼带柔情、温润、婉约、香软。

我无须去问"之桃，你为什么会爱上他"之类的傻问题了。

4

罗曼史有两样东西是永远不会缺的，一样是咖啡，另一样则是流言蜚语。

不过，罗曼史关于余一得的八卦不多，就算有也无关痛痒。

瘦、高。

长眼、高鼻、大嘴。

尖下巴、招风耳、络腮胡。

这就是余一得的样子，一位长相略有些抽象的中年男子。

他是作家，只是市面上很少再看到他的书。在半月一期的《A城画报》上倒可以找到他的名字——副主编余一得，和其他三位副主编的名字摆在一起。

《A城画报》就摆在罗曼史的报刊架上,一字排开,每期四份——是它的执行副主编张克远自罗曼史开门营业这八年来每年必送的礼物,全年四十八期,从未间断。

张克远与我的这点交情,全拜周御所赐。他是周御的朋友,也是我们婚礼的证婚人。难得的是,我和周御离婚后,他还是隔三岔五会来罗曼史消费。有时是朋友聚会,有时是商谈公事,更多的时候是相亲——五年前他升任《A城画报》执行副主编,时隔一周,他的太太便死于一场车祸,如此,他变身为A城街谈巷议的钻石王老五。就在那年,我和周御离婚了。

我和周御离婚后,张克远一如既往地光顾罗曼史。或许是习惯,或许是念旧。

每到罗曼史,张克远要的都是靠窗的大包厢,乐呵呵地对我说:"哎呀,陌陌,你又漂亮了不少。"

我也会调侃一句:"哎呀,克远兄,你又发福了不少。"

其实,若干年前,张克远就这么胖,不增不减。就好像他生来就应该是这副肥头大耳的样子、生来就应该当领导、生来就有着"升官发财死老婆"的"好运气"。我亦常常有一种错觉,觉得自己生来就快奔四,生来就是离异妇女,生来就是罗曼史的老板。大概有的人是会被岁月定型为一尊蜡像的,比如张克远,再比如我。

一个丧偶、一个离异,也有人小心翼翼撮合过张克远和我。且不论张克远怎么想,在我这里,撇开性格、爱好、志趣等等不说,我想,怕是谁也不愿意和自己的证婚人恋爱吧,哪怕伴郎也比这好。

无论怎么说,张克远应该算是我的朋友。在周御和我闹离婚时,他甚至劝慰我:"陌陌,你看,人,总归是要分别的,无论和谁。"

之后,张太太去世。追悼会上,我和我的前夫尴尬地打着照面,他偕着他温婉可人的现任妻子——很般配的一对。我默默地从他们身边走过,握了握张克远的手,什么也没说。

　　我实在说不出"人,总归是要分别的"这样的话,因为张太太这一去,从唯物主义的角度来看,是再不可能回来了。

　　倒是张克远贴心,附在我耳边,说:"现在他们是夫妻,他带她来,是出于对我的尊重。你别多想。如果累了,就早点回去休息。"

　　至于张克远和余一得,偶见他们在罗曼史里不小心打了个照面,其中一个递过去一支烟,互相笑笑,简单寒暄几句。执行副主编比副主编大了半级,但从未见过张克远在余一得面前摆架子,反而是这副客客气气的样子,让人觉得那些关于他们失和的八卦,绝对不是空穴来风。所以,当上官之桃要我帮忙寻找余一得时,我首先想到的并不是张克远,而是抹茶。

　　那时,我还不知道余一得对上官之桃来说有多重要。

　　上官之桃听到余一得当晚就会光临罗曼史,决定就在这里等下去。无疑,如果用来等待的话,这会是个冗长的下午。不过,我很乐意作陪。

　　抹茶借故把我叫到吧台,说着:"那个女人,看起来有些不对劲儿。"

　　"我倒以为她和你们是一类人。"

　　"我们?"

　　"你、章吾、余一得,你们不都是这类人吗?"

　　"哪类?"

　　我不再说话,立在吧台,静静看着独坐的上官之桃。

　　隔了几分钟,抹茶取了一块提拉米苏放到托盘上,笑得意味深长,拍拍我的肩:"既然你说我和她是一类人,我请她吃块蛋糕吧。"

　　"难得二老板你那么慷慨。"

5

　　真正的美人应该"柔情绰态,媚于语言。奇服旷世,骨象应图",还应该"左倚采旄,右荫桂旗。攘皓腕于神浒兮,采湍濑之玄芝"。

我看着小口朵颐提拉米苏的上官之桃,想象她摘掉假睫毛、擦掉眼线、洗净脂粉、抹去口红的模样——这些让她显得比实际老成,更易博得信任。

她眼神里自有一种"我是美人"的优越感,这种优越感绝非是彩妆能够给予的。而且第六感告诉我,她并不缺男人。至少,她不需要千里迢迢来一座陌生的城市寻找一个也许还说不上多了解的男人。

上官之桃和 A 城女人不一样,或者说,A 城女人和大多数地方的女人都不一样。土生土长的 A 城女人,一律有着细长的眉和柔和的单眼皮,比如周御的现任妻子季恬然。事过境迁,我将自己和季恬然做了一番比较——如果我是周御,大概也会娶季恬然——小鸟依人、个性温和。虽然季恬然自从割了双眼皮后已不算是正宗的 A 城女人,但底子里的东西,是不会变的。

相比之下,我则长得过于有棱有角,比如这个过分尖的下巴。而上官之桃,则长得过于丰富,比如那双时时带着笑意的大眼睛、那道令人印象深刻的美人裂。

上官之桃吃完提拉米苏,没忘记称赞,然后问道:"李陌,和我聊聊 A 城,好吗?"

"这里,还不错。"

"听说 A 城人都好赌。"

"也有不爱的。其实,大江的赌船里,载的多是外乡人。"

"原来如此。"

"说到赌,我想起一个故事。出了罗曼史往左拐,有条万金巷,那里有家很不错的盲人推拿馆,老板姓刘。几年前,他拿着所有积蓄上了船。"

"然后呢?"

"他刚开始只是好奇,初入赌场的人手气一般都不错,赢了钱以后越来越上瘾了,换着花样玩,手气最旺的时候一晚能赢几十万。从那以后,他像变了一个人似的,赌注下得越来越重,有时候一把牌押上几万元连眼都不眨一下,不到半年,就把原来赢的钱吐得一干二净,还倒欠了一屁股高利贷,结婚不到两年的老婆也跟别人跑了。也许是他决定把心里的怒气和赌场的失意做个了断,自己戳瞎了双眼。"

"再然后呢?"

"学了推拿,开了推拿馆。"

"因祸得福?"

"你要这么讲,也可以。有意思的是,他瞎了之后,他老婆又回来了。"

"这倒难得。"

"不过,有人说是因为他老婆后来的那个男人赌得更凶。一次赌到眼红,发狠话说要把她拿去抵押。"

"她没有更好的选择?"

"不知道呢。"

上官之桃微笑着:"我父亲也赌。"

我似乎不方便接她的话。

她顿了顿,继续说着:"于是倾家荡产、妻离子散。这个话题不讨喜,对吗? 我还是和你说说余一得吧,说说我和他的故事吧。"

"洗耳恭听。"

第三章

序曲

1

上官之桃告诉我,世界是一个地球村,找寻一个人,最多不过是从村东头找到村西头,不会太遥远。

我不以为她能够记得余一得的长相,他实在不是一个醒目的男人。

上官之桃说着那个故事,以及她所看到的胭脂色的太阳,我不是被她的描述所吸引,而是她的神情。

遗憾的是,余一得并没有出现。

已过午夜,对于 A 城和它新建的不夜城广场来说,一切才刚刚开始。

从漫长的下午过渡到漫长的夜晚,中途抹茶好几次提议要给余一得打个电话,都被上官之桃婉拒了。她像个紧扣细节的导演,应该有的桥段绝对不能少。她说,要给余一得一个惊喜。

"李陌,这是我的一段奇遇。我们在山顶看日出,那些云雾散开,太阳是胭脂色的……"她靠在沙发上,长睫毛扇动着,手掌交叠在胸口,"我要记得这感觉。"

"可是,之桃,你来 A 城找余一得,你未婚夫知道吗?"

"我没告诉你我已经和他分手了吗?"

"什么?"

"我悔婚了。"

"为了余一得? 一个你根本还不了解的男人?"

"为了我自己。"

上官之桃看了看表,又看了看窗外。不夜城广场近在咫尺,我向她推荐了那里的几家酒吧。年轻的她,应该会喜欢精彩纷呈的夜生活。

上官之桃知道余一得不会再来,顺着我的话,邀我同去。我实在找不到拒绝的理由，况且上官之桃说得那么好听："李陌，你陪我聊了那么久，我该请你喝一杯的。"

抹茶轻手轻脚走过来，一副谨小慎微的样子，不用言语，我就知道她是想提早下班。而章吾，此时恐怕正在楼下等她。

自从有了不夜城广场，除了打麻将，在罗曼史两点打烊之后的这段时间我亦有了新的娱乐活动。倒不常光顾酒吧，偏爱上了一家桌游馆。在桌游馆耗到凌晨五六点，然后在路边早点摊喝一碗浓浓的甜豆浆，回家，倒头便睡。客随主便的缘故，罗曼史往往总在中午十二点后才开门。

抹茶换了工作服，拎包走人了。我正准备和上官之桃去酒吧，接到了刘太太的电话："哎，等会儿过来打麻将？这段时间都凑不到你嘛，怎么回事，谈恋爱了吧？"

刘太太是对面刘记茶楼的老板娘，咫尺之遥。从打麻将的角度来说，她的确是个合格的牌友。牌风好，还免费提供场地和夜宵。

我没吱声，她又说："还在为上次的事情生气啊？不值当的。她们不过一说，你一听就是了，还真的放在心上？傻啊，你！"

"只是，她们不该当着我面说。"

"抹茶是你们罗曼史的人，你又和她'姐姐妹妹'的，她们自然就是说给你听的。"

"那是抹茶的事，和我并无太大关系。"

"对呀，你倒在生气，还气了这么久。"

刘太太总有着"小事化了"的本事，话不多，倒句句在理。其实也没什么大事，不过是两个月前的一个牌局，另外两个牌友在八卦章记川菜馆，从章记用"地沟油"炒菜扯到章吾和他的四川太太，随后话锋一转，竟转到了抹茶身上。说章太太早就知道这事了，不过是睁只眼闭只眼；还讲章太太前些天和她们打过一次麻将，她说送上门的女人，年轻漂亮又不用拿钱养，章吾有何损失？

　　她们聊着这些,不时拿眼看我。我把牌一推,喝尽刘太太新沏的大红袍,气呼呼就走人。

　　刘太太追了来,塞给我一沓纸币:"急什么呀,自己赢的钱都忘了拿!唉,怪了,你这样的脾气,怎么还能做得成生意?"

　　我不肯要,还放狠话:"以后,别再叫我打麻将了,牌搭子多得是,又不缺我这一个!"

　　这刘太太还真大度,居然不计前嫌邀我去凑牌局。

　　我看了一眼上官之桃,有些为难,只好说:"真不好意思,今天有个朋友过来,要陪她去酒吧坐坐,要不改天?"

　　上官之桃在边上打着手势,怕我没看懂,便轻声说:"你忙,别管我,我回酒店了。"

　　我捂上话筒:"之桃,你等等。"

　　她已经走出门去,又扭头笑:"我会再来找你的!"

　　待我打点妥当,走到对面的刘记茶楼,一身红衣的刘太太已经站在门口等我了:"别笑我,花鼻子说我穿红吉利。"

　　"人人都说花鼻子能掐会算,我偏不信。"

　　"李陌,实话跟你说,今天叫你来打牌的可不是我。"

　　"怎么?"

　　刘太太拉了我的手进到一个包厢,张克远正乐呵呵地看着我:"三缺一,就等你了。"

　　我定睛环顾一圈,他右侧坐着一个短发齐耳的女人,我不认识。但他左侧坐着的那个男人,可不就是上官之桃苦觅苦等的余一得吗?

2

"李陌,快坐!老余,余老师,你应该是见过的,算是你们罗曼史的常客了。这位美女呢,叫胡凌,是我和老余的大学同学,"张克远说,"胡凌啊,这是李陌,对面咖啡馆的老板,你如果不急着赶回去,明后天可以到她那里去坐坐。"

胡凌见我坐下了,递过来一盒烟:"要么?"

"谢谢,我不抽。"我摆着手。

胡凌给自己点了一支,说着:"本来嘛,此刻正是这两位黄金单身汉四处猎艳、沉溺温柔乡的时候,倒在这里陪我打麻将,真是不好意思啊。"

"胡凌,我终于知道你为什么嫁不出去了。"余一得说。

"为什么?"

"嘴太碎。"

胡凌扔出一个三筒,张克远拍手:"要的就是这张,和啦!"

原来,张克远和余一得竟是大学同学。

我问余一得:"余老师,听抹茶说你今晚本来要光顾罗曼史的?"

"哦,早前约了章吾喝咖啡的。但这胡凌忽然来了,嚷嚷着要喝茶,喝完要打麻将。"

我还想说点什么,话在嘴边又咽下。

胡凌忽然问张克远:"咦,田皑皑怎么还不来?"

"她大概有事吧。"他说,"对了,叫老余给她打个电话。"

"我可不打,深更半夜的。"余一得笑。

"当年你们三个一起到的 A 城,我总以为她和你们中的谁能成就一段姻缘呢,如今看来,真是个遗憾,"胡凌看看张克远,又看看余一得,"听说,皑皑也和我一样,至今未婚?"

没有人搭腔,刘太太刚好端来一个果盘:"李陌,最近生意怎么样?"

"横竖饿不死。"我说。

"我盘算着到不夜城广场租个门面,开个分店呢,你怎么看?"

"你问我啊?还不如问墙壁。你是知道的,我们那个小咖啡馆的生意,都是抹茶在打理。"

"抹茶,最近还好?"余一得问。

我顿了顿,笑看着他:"你有机会问问章吾不就行了?"

他似乎不懂这个玩笑,自顾自地说:"你也真该开导开导她,让她早点为自己做些打算。"

张克远又和了,说着:"我今天这手气,应该去赌船上玩两把嘛。"

余一得吐出一个很大的烟圈:"这一去,怕就回不来了。"

胡凌说:"老张回不来,老余不刚好可以'谋朝篡位'吗?"

他们都笑起来。

张克远和余一得去洗手间的时候,胡凌笑呵呵对我说:"看出来没有,这两个人有点不太对付。我难得来一趟,非要消遣一下他们才有意思。如果田皑皑来了,会更好玩。"

"田皑皑,就是《A城画报》的那个田记者?"

"可不就是她吗?"她看着我,突然问,"觉得老张还好?"

"什么?你误会了。"我笑。

"正经过日子呢,老张还不错。"

我笑得更厉害了:"胡姐,你说笑了,克远兄可是我的证婚人。"

"你结婚了?"

"结了。可惜,又离了。"

"有意思。"

"这也有意思?"

"生活,可不就是这样？分分合合。"

麻将一直打到凌晨四点多,胡凌却精神抖擞,还要去江边走走。我看余一得和张克远都困得直打哈欠了,便说:"要不然,我陪胡姐去吧。"

"李陌,"余一得突然把我拉到边上一个小包厢,"我有话跟你说。"

我有些忐忑,因为我和他的交情远远没到可以说悄悄话的地步。

"章吾,上了船,输了。"

"什么?"

胡凌进来叫我:"李陌,李陌,快点啊,我要去江边看日出!"

我们走出茶楼,迎着微凉的晨风。大江近在眼前,位于江中间的不夜城广场,依旧灯火通明。

"那里就是不夜城?"

"说起来,不过是个小岛。"

"我这样的人,要是在 A 城待久了,还真的会不想走呢。"

我们在江边一个小码头找了条长椅坐下。

隐隐的,天空有了一线光亮。

"太阳就要出来了。"胡凌说。

"你见过胭脂色的太阳吗?"我问。

"就像那样?"她指着江面。

那线光亮投射在小岛上,和小岛上的灯光交相辉映,散发出淡淡的绯红色的光芒。这绯红印进江水里,江面上果然就有了个胭脂色的太阳。

她笑道:"原来,你竟是个浪漫的人。"

"怎么说?"

"如果是浪漫的人,和老张可过不好,老余倒是喜欢这一套呢。"

3

要是我足够浪漫,周御大概就不会离开我了吧。

但我似乎也不能够告诉胡凌,看到胭脂色太阳的其实不是她,而是上官之桃。

在内心里,我已经把上官之桃当成朋友。

刘太太总是说我太重感情,比如,我本不应和抹茶情同姐妹的。刘太太说员工就是员工,老板就是老板。如果抹茶哪天离开了,充其量不过是损失了一个好员工。能干的员工嘛,多的是,再找一个就行。但是太情投意合了,损失的就是一个好朋友。朋友嘛,就不是那么好找的了。

之后那些日子,我曾等过上官之桃。一周之后,她没有出现;一个月之后,她仍然没有出现。我想,她大概已经离开了。失落比我原本想象的要大得多,刘太太是对的。

年轻,是会有一些轻率的决定。决定爱上一个人,决定去找寻,决定孤注一掷。又因为太过轻率,未能看到结果就原路返回,这也正常。我希望上官之桃不要再来 A 城,如果,她已经选择离开。

秋意渐浓。

这个秋天,对我来说,会比较难熬。因为,抹茶走了。

就在上官之桃出现后的第二天,就再也找不到抹茶的踪迹。

只记得,有一次,她忽然对我说:"姐,你说我给章吾生个孩子怎么样?"

没等我说话,她又说道:"算啦算啦,生孩子太辛苦。"

她知道他们不能。她知道,这就够了。

她还知道他们迟早是要分离的。她故作不知,这就够了。

有些故事，结局会拖得比较长，仅此而已。

不过是一场离别，而罗曼史每天都在见证离别。

情人分手，来喝最后一杯曼特宁。两把伞滴着水，顺着我的红木地板蜿蜒。他们心不在焉地说着无边际的话，局促不安。抹茶特别为他们放一首《分手快乐》，然后坐过去讲个笑话给他们听。她蹩脚地复述着从别的客人那里听来的段子，表情却是认真的，他们亦陪着她笑。

夫妻签署离婚协议前，关于如何分割财产的一次密会，带着各自的朋友当证人。他们在包厢里低声交谈，点一壶微酸的圣多斯。抹茶会送他们一些刚出炉的蛋挞，甜腻滚烫。她轻巧地拉上窗帘，带上门，好让他们的密会更有安全感些。

朋友道别，三五人围坐，抹茶记得他们每个人的口味和喜好。他们愉快并且充满期待，因为下一次他们仍然会再聚，短暂的分别可以加深情感。

无法想象没有抹茶的罗曼史会变成啥样。

吧台后面有个小隔间，它属于抹茶。一张单人床，铺了乳白色棉布被单。写字台上摆着几本"心灵鸡汤"和为数不多的化妆品，简易衣柜里挂着几件衣服，这些是她的全部家当。她没有带走任何东西，好像只是去附近的药房买一盒感冒冲剂。

我不得不打电话给章吾。

A城的第一场秋雨。这个男人没有带伞，我到楼下去接他。他从对街的停车场跑过来，向我招手，示意我不必过去。臃肿的身体不方便跑动，只得快步走来，气喘吁吁。

他钻进我的雨伞，黑色夹克上覆满细密的水珠："就这样走了？去了哪里？她能去哪里？"

我不太喜欢那次交谈，章吾一直在诉苦。章太太的股票被套牢，天天和他闹。他赌博输了钱，不得已去借高利贷，未及时还钱，他的餐馆被砸。

他决定逃离,甚至已经有了计划。他连抛妻弃子都做得出,何况舍弃抹茶这个小情人呢?

所以,那晚,他约抹茶出去,其实是和她分手。

从他身上得不到关于抹茶的任何线索。

他在喝了五杯摩卡咖啡后,掏出皮夹要买单。

我摇头:"请你喝的。"

他笑了笑:"一个男人仅剩的尊严,让他为自己的所作所为买单。李陌,我还会回来的。有时候,离开不是逃避。我知道你看不起我,没关系。"

"余一得知道吗?你要离开 A 城,你的朋友们都知道吗?"

"他们不必知道。我告诉你,只因你不是多嘴的人,不然罗曼史维持不了那么久。听我一句劝,找个能干的男人帮你。至少,你需要有人做伴。"

立在落地窗张望,大江将 A 城横切成两半,水汽凝结成雾,除了高楼,我什么都看不到。这条街上新开了好几家咖啡馆和茶楼,意味着同等数量的咖啡馆和茶楼在这之前已经倒闭。有人进来,就要有人出去。

一个老顾客拍拍我的肩膀:"二老板呢?"

我的视线很模糊,不愿意转过头,只好轻声说:"回老家了。"

"回老家?我还一直以为她是 A 城姑娘呢。那她什么时候回来呢?"

"不知道。"

这位二老板,实在是太"二"了。

4

没有抹茶,生意还是得做下去。

毕竟,罗曼史是周御留给我安身立命的。

抹茶离开后的第三天,我收到过一条短信:姐,别找我。多看账本,少打麻将。另外,如果再不给小凯加薪水的话,他是要跳槽的。我看这个家伙还可以,你先稳住他,升他做个领班。

电话过去,已经不在服务区。我有些哭笑不得,都出走了还放不下罗曼史的杂务。不过,这也让我松了一口气,有惦念就能活下去,无论身在何方。

新官上任的小凯,小小年纪却很有见地,他的第一个建设性意见是:重新装修。倒也不错,因为装修也够忙够乱的。我实在太需要忙起来了,立马同意。

说是装修,其实不过是把五个包厢变成六个包厢,更换了一些沙发、灯具,重贴了墙纸。看着进进出出的工人和指手画脚的小凯,稳坐吧台的我总算找到了"我也很忙"的感觉。

两个月后,罗曼史已经焕然一新。

重装修后,第一天开门营业就迎来了久违的上官之桃。

可能是穿了黑风衣的缘故,她显得清瘦了许多。

我还来不及和她打招呼,她就递给我一只大袋子:"李陌,打开它!"

"给我的?"

"嗯,小礼物。"

是一件白色呢子大衣。质地上乘、做工考究,领口和袖口均绣着精致的桃花图案。

"穿上试试?"她笑眯眯看着我。

"可以吗?"

"当然可以,本来就是给你的呀。"

居然很合身,我说:"让你破费了,之桃。"

"没花什么钱。"她还是笑,"你忘记我是做什么的了?"

"难道这是你自己做的?"

"嗯,我一手设计、裁剪和缝制的,连那些桃花都是我绣上去的。"

"天哪。"我不得不对她另眼相看。

原来,在我忙着装修的这两个月,上官之桃已经在 A 城开了一家服装设计工作室。终究,她还是留下了。

"今天,就是想邀请你去我的工作室看看。"

"好啊。"我求之不得。

上官之桃租的是一间不足一百五十平方米的三居室,位于城南的流云大厦,地段尚好。客厅就是她日常工作的地方,放着一张很大的工作台。透过落地窗,就可以看到《A 城画报》所在的江门大厦,只是中间隔着一条大江。

实木家具为主的空间以藤制工艺品、铁艺品、油画和瓷器点缀,倒有几分浓郁的书卷味。桃木博古架上还有一组铁艺相框,装着她年少时的照片。

另有一个精致的桃形小相框,巴掌大小,周边镶嵌水钻,在灯光折射下泛着玉色光芒,但是里面没有照片。

房间里还有两组玻璃陈列柜,一组柜子里陈列着款式各异的高跟鞋,另一组柜子里蹲坐着一个穿着琥珀色真丝长裙的塑料模特。

"这条长裙是我的作品,第一件作品,"上官之桃摸摸玻璃柜,"一切从它开始,我是当菩萨来供奉的。"

我看着满屋子的绚烂:"之桃,我羡慕你。"

"羡慕我什么?"

"羡慕你才华横溢,羡慕你有谋生技能。"

她笑:"这些是虚无的,虽然得来不易。我要的不是这个,不仅仅是这个。"

"这工作室叫什么名字?"

"还没取,"她看着江对岸,"余一得会帮我取的。"

上官之桃悔婚这年二十六岁,在 A 城有了一间服装设计工作室。她给买不起名牌的女人们设计很像名牌的衣服,还给穿腻了名牌的女人们设计不像名牌的衣服。她注重感觉,像饿了要吃、渴了要喝一样,她以为感觉是世界上最重要的东西。因为感觉,她拿着笔,在白纸上勾勒每一件衣服的模样,领子、袖口、腰线、下摆……

她说:"李陌,一切才刚刚开始。"

5

和善的上官之桃,她看起来似乎对所有人都好,可是,她不爱这些人。她的"好"是随手赠送的小礼物,见者有份。她的爱却只有一份,珍藏在流转的目光中,只等男主角出现。

而我们的男主角,三十九岁的过气作家余一得,大多时候都在江门大厦第二十八层的办公室,高高在上地俯瞰人世。他端着浓茶,抽着香烟,做着一些可有可无的白日梦。他喜欢繁复思想,然后简单生活。但他的现状却是繁复生活,简单思想。那些云端上的理想,也就一直飘来荡去,风一刮就散。

他们在罗曼史再次相遇了。

很平常的一个夜晚,上官之桃就坐在靠窗的那个老位置。她的等待从未间断,直到他出现。

A 城的深秋,有些冷。上官之桃点了一壶蜂蜜姜茶,慢悠悠地喝着。她像往常一样,神情里充满期盼,随时准备好迎接这个她仰慕已久的男人。

喝了半壶,看到了身着黑衬衣和深色牛仔裤的余一得。他的脸上除了一丝不易察觉的微笑,几乎没有任何表情。

他坐下,和她隔着三张桌子。

她不动声色,静静观望。

我走到她身边,悄声问:"要我去知会一声吗?"

她摇头:"不。"

她看着他翻阅杂志、把玩手机、喝咖啡,目不转睛。

三十分钟后,他起身去洗手间,要经过她的桌子,终于,发现了她。

她还是坐着,笑看着他。

就这样,他们彼此对望。她在他瞳孔上影影绰绰,他在她眸子里恍恍惚惚。

"别告诉我这是个巧合。"他终于开口。

她这才站起来,整理着她的紧身小黑裙:"如果我说是,你信吗?"

"我不信。"

"那就不是。"

"上官之桃!"

"余一得!"

"这么说,你到底是知道我的名字了。"

"旧书摊里翻到一本文学刊物,您老人家居然是封面人物。"

"陈年往事。"

"所以,我来了。"

"专程找我?"

"算是。"

"请你喝杯咖啡?"

"可以。"

余一得坐到了上官之桃对面,给她点了一杯曼特宁。

"来玩几天?"他问得小心翼翼。

"打算长住。"

"先生也跟着来了?"

"先生?"

"你之前说的那位未婚夫,不是下山就办婚礼了吗? 应该是你的'合法先生'了吧。"

"哦,掰了。"

"什么?"

"分手了,就是这样。"

"落跑新娘,倒像是你会做的事。那你母亲呢? 没有意见吗?"

"吵了一架,终归还是我占了上风。我总想,你大概就这么活着了,我可不能。所以,我要为自己选择一次,哪怕是错的呢,至少,选过。"

这时,有个穿着红色羊皮靴子的女人走过来,拍拍余一得的肩膀:"老余,你怎么坐在这? 不是说九号桌吗?"

这个女人叫邱莘,电台DJ。我常在午夜十二点后在车里听到她略带沙哑的声音,像是划过夜空的一道锐利。大多时候,她都是一个人来喝咖啡。偶尔,她也会和余一得一起出现,两个人自带了手提电脑,各玩各的,就这样,不声不响地耗上几个小时。

因为是熟客,我也会和她无关痛痒地聊上几句,大抵是天气和流行趋势之类,都是女人之间可有可无却又最能拉近距离的话题。本也有其他共同语言,比如,我和她都是离异女子。又因为交情太浅,被彼此很有默契地"屏蔽"掉了。

上官之桃看了邱莘一眼,放下咖啡杯,对余一得说:"你先忙,明天,还是在这里,还是这个时候,我请你。"

她穿上大衣,拎了包,头也不回地走出了罗曼史。

"这是谁啊?"邱莘问。

"上官之桃。"余一得说。

"朋友?"

"我先去趟洗手间。"他笑笑。

第四章

愛欲

1

潘小瑞是一个不会轻易放手的人,虽然除了 34B 的上官之桃以外,他还有一个 36D 的情人。

纯天然、未加工的 36D,不是那么容易就能邂逅的。这是一个崇尚自然美的整形医生,和 36D 一样,上官之桃纯天然、未加工的五官对他有着致命的吸引力。

他以为 36D 不是一手能掌握的,34B 会比较保险。况且 36D 已经结婚,孩子都上幼儿园了。她也承诺过,如果不影响家庭,会和他继续保持关系。这是一段愉快和谐的关系,她强调。

所以,他决定把上官之桃娶回家。

情变毫无征兆地降临时,潘小瑞正沉溺在"脚踏两只船"的满足感中。他只记得上官之桃说过,她厌倦了滚滚红尘,想安心成就一段老实可靠的情感。她说的话,是按照情境来编写的台词,连她自己都难辨真假。潘小瑞竟然相信了,这大概也是她所意外的。

某个半夜,她从床上弹起,像肢体柔软的体操队员。她点了根潘小瑞的烟来抽,烟雾弥漫中,他睁开眼。这是他没见过的上官之桃,蓬乱的头发下一双哀怨的眼睛,半开半合的白睡袍包裹着日渐消瘦的躯体,脸色苍白,嘴唇发黑,下巴尖成了倒三角。他觉得自己太粗心了,居然未发现她这些变化。

他抱住她,她未回应也不拒绝,慢腾腾地说着:"对不起,我不能够和你结婚。"

"说梦话?"

"潘小瑞,就这样吧,散了。"她掐了烟,躺平,继续流泪。

潘小瑞跨到她身上，几欲亲吻她，被她狠狠推开。他撕破她的睡袍和内衣，她自知无力抵抗，只有停止挣扎。她34B的乳房，在那个瞬间，似乎变得可爱了许多。他有些后悔了，在即将失去时。

玉体横陈的她眼神平和，好像一切与她无关。

他终于没有了兴趣，沮丧地蹲在床角："给我一个理由。"

"你有你的36D，我也有我的理想情人。"

"我和她没什么的。"

"你听过红拂夜奔的故事吗？"

"听过。"

"这女人是我的楷模。'长揖雄谈态自殊，美人巨眼识穷途。尸居馀气杨公墓，岂得羁縻女丈夫'，幸运如红拂，可在芸芸众生中，辨识出李靖便是她的英雄，更是那个动荡年代的英雄。红拂初遇李靖，见他谈笑风生，见解出众，不同凡响，心中大为倾慕。毅然夜奔李靖，只因'妾似丝萝不能独生，一心依托于参天大树'……"

"我听不懂。"

"你当然不懂。可是，小瑞，我得告诉你，我找到我的李靖了。我们这个时代……也许不需要这样的故事。但他毕竟出现了，我们夜行于山野间，甚至来不及仔细打量彼此的容貌，我却断定他就是自己找寻已久的人。我知道你不明白。但我还是得说。"

"也就是说，你要悔婚？"

她点着头，慢条斯理地穿好衣服："对，明天不用去民政局了。"

"我不答应！"

她从那只硕大的单肩包里掏出一个信封："如果我把这个拿给别人看，想必，你会比我要麻烦。"

他颤抖着打开，竟是他和36D的亲密合影。

"你……你居然调查我？"

"别动气。只要你答应好聚好散，一切都好办。"

上官梅起初并不同意，但看到潘小瑞和36D的合影后，终于妥协了。照片上，她的未来女婿拥抱着那个丰满的少妇，半夜自酒店出来——还有什么比这更有说服力。但她并不赞成女儿辞职，况且女儿还执意要离开这座城市。

女儿的神情、态度，都像极了她的父亲，上官梅知道自己扭不过他们。十八年前，她企图用强硬来留住丈夫，未果；现在，她觉得再僵持下去，可能会失去女儿——这唯一的亲人。

她关上家门："上官之桃，你可以滚了。"

2

上官之桃说："李陌，故事就是这样，我现在没有退路了。没有退路也好，没有退路才能一往无前。"

她和我到底不一样。

她要做文采殊丽的绮罗锦缎，我可能只是终生寡淡零落的白绢缣素。这匹绮罗锦缎本可安心结婚生子，尽享现世安稳。她却企图用短暂的出走来抚慰婚前的焦躁不安。

接着，她遇到那个男人。一眼终生。不是一眼定终生，而是一眼弃终生。

她挣脱所有向他跑去，也许只能扑到一个幻灭的碎影。

我不相信她和他会有好下场。

可以从很多细节发现人与人的亲密程度。

当余一得第一次宴请上官之桃的朋友们吃饭时，她帮忙打开红酒，木塞子弹到他手里。倒完酒，他将木塞戳进酒瓶，意味深长地对她笑。若干

陪客面面相觑,心内自有分寸。我们人人有秘密,何必揭穿别人的?

余一得本是个表情并不丰富的男子,面对上官之桃,他却也目光流转,百转千回起来。我看着他们,悲从中来。这些,她从来就不知道。

在他们重逢后的第二个晚上,余一得应约来到罗曼史。

那段时间,A城总是在下雨。上官之桃屡次表示要起身离开,看看糟糕的天气,还是作罢。他倒是很愿意送她的,但这样的雨天,她说自己本也无处可去。

先是喝咖啡,后来他想起后备厢里的红酒,说要去取,她没有反对。

从罗曼史到地下停车场,余一得走得稳稳当当,还故意在停车场点了支烟,慢慢吸完,才徐徐折返。他不想表现得太心急,一切都要演绎得够自然、够随缘才会够美好。

在喝完一瓶红酒后,上官之桃叫嚷着"醉了,醉了",随后把发髻散开,一头勾勾卷卷的长发披在肩头,衬着微红的脸颊,很美好,非常美好。只是再美好,他也只用眼角余光瞄了一眼。

她站起来,走到窗口,双手撑在窗台,踮起脚尖朝外头看。藕色真丝无袖上衣好像随时都能从她肩头滑落,黑色热裤短短的,紧紧地勾勒出一个丰满得恰到好处的臀,踮起脚尖后,双腿显得愈发挺拔了。

少顷,她转过身,面朝他。她的表情有些复杂,似笑非笑,眼神却是放空的。空空的,仿佛目中无人,包括他,也并未在她视线范围内。如果不是因为这个,他应该不会那么喜欢她。

她坐在沙发背上,醉眼迷离:"我醉了就会说实话,你呢?"

"我没醉的时候也不会骗人。"

"那我来问,你来答?"

"当然可以。"

"昨天那个穿红靴子的女人,和你是什么关系?"

"你说的是邱莘吧。我和她的关系就是你想的那种关系,这样,你可满意?"

"女朋友?"

"女朋友。"

"爱着她?"

"喜欢她。"

"不太一样?"

"有点区别。"

"余一得,"她一本正经地看着他,"那我呢?"

3

余一得端着一杯红酒,凝视着上官之桃:"这雨也该停了吧。"

她还是看着余一得,昏黄的壁灯照到他黝黑的脸上,他和他的法令纹一样深不可测。也许,对待感情的态度,他所表现出来的远没有她那么执着与无畏。他喜欢慢条斯理——小口小口品尝,一点一点占有。

她走近他:"余一得,答应我,不要远离我。既然……既然我已经来了。"

他放下酒杯,伸出小拇指:"拉钩。我会好好照顾你,如果你打算在 A 城生活。"

他们的小拇指缠绕在一起,她是准备微笑的,嘴角抽动,连带着鼻子开始泛酸,眼睛睁得很大,泪水就只在里面打转。

她不能哭,这是他们第一次如此靠近彼此的内心。他看着她的眼睛,想到许多,而那些,她永不可能了解。

他要抽回小拇指,她强硬地把它往自己这边拉。他一松动,惯性作用,她身子往前倾,靠在了他怀里。他没有动,她也没有动。

55

她的耳朵刚好贴到他的胸口,听得到他的心跳。

这样急速的心跳声,她听得很愉悦却很绝望。他闻到她的气息,潮水般涌动的气息,和 A 城的景致一样富有冲击力。如果愿意,他甚至可以去感知她的心韵,抚摸她的脉律。

"之桃,我还没准备好。"

"要准备什么?"

"我还没准备好怎么拥有你和你的美好。"

"我不介意的。"

"不介意什么?"

"不介意你离过婚,不介意你有女朋友。"

"可是,我介意。你并不是那种把感情当游戏的姑娘。"

她低头,不去看他,似乎,也并不需要看他。戒坡的那次初遇,她甚至没有仔细看清并深刻铭记他的长相。

她后来告诉我:有些人的长相是可以忽略不计的,他们身上有比相貌更直观的东西,理解成气质或者气场比较恰当。男子气概是一种精神、一种骨质、一种内心的力量和畅想。他淹没人群,就只是普通男子;他开口说话,就是哲学家;他吟诗作对,就是文学家;他一无所长时,就只是她的爱人。

她还说,这个世界如果是江河,他们是早晚要游到一起的鱼。只是她忘记了一点,很重要的一点——"相濡以沫"之后或许就是"相忘于江湖"。

此刻,余一得说:"可是,我介意。你并不是那种把感情当游戏的姑娘。"

她当然不是。

她觉得游戏是暂时的,对爱情,她有自己的野心。总有一天,他会完完全全被她征服,她会让他挣脱那段无望的婚姻、摆脱那些花花草草。

不知为什么,她笑起来:"余一得,我该回家了。"

"我送你。"

"不必了。"

"雨好像还没停。"

"我带了伞。"

"明天晚上,我请你吃饭吧。"

"我们不是交换过电话号码了吗?到时候电话联系吧,不过,我不一定有时间。"她整理了一下头发,保持微笑,像她注重的每个小细节一样,没忘喝尽高脚杯里最后一滴红酒,轻轻带上门。

他点了一支烟,拿出手机,给她发了第一条短信:我再坐会儿,路上小心。

等了五分钟,才收到她的回复:晚安。

他从包厢走出,到了吧台,掏出钱夹:"买单。"

"之桃已经买过了,她说,这次她请。"我说。

4

流云大厦,B座1706室,落地窗边站立着一个失眠的女人。她穿着琥珀色真丝连衣裙,手拿DV,笑靥如花。她把镜头对准自己,时而朝向窗外的城市,绚烂的灯光照耀着楼群中间来来往往的行人,璀璨夜色中热闹非凡。他们从一座楼赶到另一座楼,办公在A楼、娱乐在B楼,中途换场子到C楼,家或者酒店在E楼、F楼。楼,高于他们、容纳他们,却似乎不会专属于他们。

上官之桃时常感觉孤立无援,这和朋友多寡无关,这和情人多寡无关。一种文艺女青年特有的哀伤?不,她不觉得。她看到的城中女子,个个都有类似的情绪,不过是浓淡之差。她却总能找到抒发情绪的出口。

这一次,她仍旧选择安抚自己。她需要耐心,耐心,再耐心。她并没有对余一得失望,反而多了牵挂。二十六岁,不再那么年轻,所以,她不愿意计较得失输赢了,或者说这场爱恋的战役她从一开始就没占到有利地形。

"余一得,"她对着 DV 念着他的名字,"余一得。"

洒水车经过,朦胧见白的凌晨时分。喧哗再起,他们在属于自己的角落看日出。那太阳在云层里翻滚,竭力挣脱纠葛,似要一飞冲天。胭脂红的光芒渐渐铺洒过来,漆黑的云已幻成桃粉的雾。

上官之桃关掉 DV,拉上窗纱窗帘,伸了懒腰,躺倒在贵妃榻上。她抚摸着柔滑的长裙,它有灵性才会凄冷。她闭眼,等待一场冗长的睡眠。

和上官之桃在罗曼史道别后,余一得便只身去了不夜城广场,酒总是喝不够的。很久没这样了——用前半夜喝酒,再用后半夜醒酒,像个心事重重的家伙。现在,他已经醒了,从不夜城广场走出来,点了两支烟,一支自己叼着,一支扔进大江——祭奠江神,他相信这位神仙也是老烟枪。

他们同时打了一个喷嚏,天就亮了。

天亮了,A 城苏醒了,邱莘从广电大楼里走出。她必须做完零点到两点的节目才能下班。如果余一得没有来接,她是不愿回家的,宁可住在简陋的宿舍里。无法安睡,对着电脑坐到天亮,然后拎包回家。

温煦的光铺满纵横交错的街道,金黄色的落叶被环卫工人的红色扫把卷起,尘埃分明。大江岸有许多高楼大厦,鳞次栉比,在阳光的映照下金光闪闪,蔚为壮观。

邱莘摸摸刚修剪过的短发,露出小男孩般俏皮的神色。她卷起牛仔裤脚,捋起白毛衣的袖子,向街心花园奔去。花园门口有个早点摊,卖的是她最爱吃的豆腐脑。

早点摊不远处站立着一个高个中年男人,他叼着烟,静静观望着邱莘。这个女人端着豆腐脑坐在矮桌前,轻轻吹散热气,然后加点酱油、加点麻油、加点辣油,再拿勺子搅拌一番。她吸着蒜头鼻,细长的眼睛因为微笑被拉得更长,同时被拉开的还有厚嘴唇,露出两排瓷白的牙。麦色皮肤过深,看起来有点黝黑,显得牙齿更白了。

拿她自己的话说,牙口不错,但不算美女。足够美的话,应该去电视台当女主播。

他走过去,敲敲她的脑袋:"怎么把头发剪成这样?"

她的微笑在迅速收敛,眼里蒙着一层薄雾,眉毛上扬:"下班后就给你电话了,为什么不接?"

"有事。"

她放下碗,摸摸肚子:"饱了。"

"送你回家?"

"好吧。"

他们一前一后,走向路边的停车场。她走在前面,一蹦一跳,全无淑女姿态。很明显,刚才的气已经消了,甚至扭过头来冲他笑。他也报以温和的笑容,除此以外,他已不能够给予更多。她钻进他的车,拍拍他的肩膀:"这么说,昨天晚上你加班?"

他刚要开口,她却微微点着头:"一定是加班吧。"

他摸摸她的头发:"嗯,加班。"

她笑着:"注意身体呀,老余。"

"知道了,小邱。"

"我不小了,三十二岁了。"

"比我小。"

他发动引擎,点了烟,左手放在窗外,右手拿捏方向盘。这辆车跟随了他五年,如果是战马,也是老战马,而他已是拿不动宝剑的战士。他看着他的女人,多年前,她和上官之桃一样年轻。麦田中最饱满的麦穗,他走过去,看到,然后得到。

上官之桃身上有一种东西,让他特别想靠近。她的眼睛似乎能一直看进他的身体,只是离他的内心还有距离。山上的夜晚,除了拥抱,他始终没有更进一步——也许她并不会拒绝?人要想按照真正的意愿来生活,简直太艰难。他已经不能。山上的某个瞬间,他不免心生怜惜,确切地说,他们彼此心生怜惜。这样就很好,只是下山后再相遇,就不太圆满了。

"老余,你闯红灯了。"邱莘边说边扯他的袖子。

他回过神来,说:"你回家后好好睡一觉。"

"你不陪我?"

"我有点事。"

"上班?"

余一得没有回答,目视前方。

5

太阳是什么时候热烈起来的?上官之桃不知。

她时常躺在贵妃榻上入睡,闻着满屋子针织物的味道。布匹、针线、成衣,她堆积了太多东西。

此刻,她正在灯下绣一朵桃花,针刺破白绸,丝线穿过去,发出略有些刺耳的声音。只有不停地穿刺,才可造就华丽的绣品。余一得是在她绣完一片花瓣后敲门的,笑看着她:"有时候想想,生活就是你手里的绣帕——我们从底下看,乱七八糟的走线,上帝从上面看,则是一朵朵盛开的花。"

她问:"你怎么知道我在这?"

"想知道,自然就能知道。"

余一得连拉带拽掀开窗帘和窗纱,正午的阳光就这样钻进了上官之

60

桃的工作室。她没有化妆的脸显得很温和，一双手搭在额头上："太亮了。"

他说："精神些，我准备带你出去走走。"

"至少，我要先换件衣服。"

她坐上他的车，他没说去哪里，她也没问。然后，他们来到一个码头，他带她上了一艘游船。船夫堆着笑意："老余，来了？"

"来了。"他说，"还是带着姑娘来的。"

船夫笑出了声音："好好好，这就叫人给你们煮鲜鱼、温好酒去！"

船夫叫老贾，是余一得的朋友，老贾船上的书为证，上面有作者的亲笔签名——他的游船是带了文化气息的，这让他引以为豪。

他对上官之桃说："我已经在这游船上十几年了，什么也没干，眨眼就十几年了。楼是多了，楼也高了呀，我是不敢坐电梯的。小孙子说，那新房子你住不住，在十六层，一定要坐电梯。我不住，我就住船上。我那余老弟说船上好，不沾地气。现在的地不比从前，这地下都是塑料袋，气是毒气。水可能也比不得以前，今年我的风湿病提前半个月来报到了。上回网来几条鱼，其中一条剖开来，里头有个奇怪的胆。儿媳要拿去扔，我说不要扔，鱼胆不是蛮好吃的？媳妇红了脸，她说这不是鱼胆，是计生用品。这孩子说话遮掩，直接说套子不就完了，我也知道这东西的。鱼咋会吃这个？我搞不清楚。当然，当然，你们现在吃的这些鱼是绝对干净的，放心吃！"

上官之桃一直笑，余一得眯缝着眼："听他扯淡，套子的故事是编的。"

"编的？老贾啊，别撑船了，回家写小说去！"她边笑边翻着几本书，"《洪荒时代的病人》《城里点灯城外亮》《在云朵上打瞌睡》……这些名字……怎么想的呀，这是？余一得，你脑子比别人多个弯。直截了当点不行，非要那么拗口？"

"一般情况下，我不喜欢别人当我的面翻我的书，这不就是直接来剥

61

我的衣服吗？你设计的那些衣服，花里胡哨的，怪里怪气的，你怎么不直截了当？要我说，衣服就是遮体避寒的，亚当和夏娃就靠几片树叶遮羞的，怎么我们那么穷讲究？"

上官之桃拿起筷子作势要戳他的嘴，他伸出右手拦截，那筷子刚好戳到他手背，他捂了手叫嚣："老贾，你没事把筷子削那么尖做什么？"

"可以串了小鱼来烤，蛮好吃。你那股子书生气，越老越严重了，戳一下就那么疼？当年你可是背过砍刀的小痞子。是别人戳也就罢了，这姑娘跟仙女一般俊俏，戳了你，你活该消受，是福气！"

上官之桃拉过那只手，小心翼翼地捧住，一颗血珠在慢慢渗出，他抽回手："我还是受着吧，老城桥算卦的花鼻子早上叫住我，说我有血光之灾，果然灵验。"

她拿纸巾给他，他接过去，压低了声音的："花鼻子还说我招桃花的，不知道是否灵验？"

"这个季节有桃花？"

"不是初冬了吗？冬天过去，春天还会远吗？"

"春天倒是有桃花的。"

第 五 章

深渊

1

我常常想起抹茶，就好像我还是会想起周御那样。

张克远有时会问我："都过去了吧？"

我点头："都过去了。"

但有些事情是过不去的。比如，有个男人曾经在众目睽睽之下给你戴过一枚婚戒，然后说要和你相守一生。散着幽香的捧花、发着柔光的香槟塔、透着诱惑的多层蛋糕，还有亲友们的掌声——此起彼伏，又此起彼伏。

A 城喧闹的秋天已经过去，冬天便显得乏味了许多。那些会问"抹茶去哪里了"的客人也习以为常，罗曼史的经营状况也没出过大的差池——如果小凯没被对面茶楼的刘太太挖去当领班的话。

刘太太说："李陌，别怪我。人嘛，总是往高处走的，我给的薪水是你那的两倍，安排他去不夜城广场的分店当班。也就是说，你还是可以来我这里打麻将，不会碰到这个白眼狼。"

"既知是白眼狼，还要雇用他？"

"白眼狼有白眼狼的好处，最起码我知道他要的是什么吧。这些，你就不懂啦。来，给你个九饼，要不要啊？"

果然，我要的就是九饼。

挖走我一个领班，然后给我扔过来一张九饼。这就是刘太太。

我开始四处招工，然后，路鸣来了。上官之桃带着路鸣来了。

像很多个夜晚一样，当轻快的乐声开始悠扬曼妙，罗曼史又将变得温情款款。这次，上官之桃盛装前来，火红色的莱卡连衣裙紧凑地包裹着这具年轻的躯体。她的新发型服帖乖巧，不再卷曲；新手袋简约大气，新首饰是一条施华洛世奇项链,新鞋子高贵纤巧;新男伴笑容温润,有干净的脸庞以及随时预备放电的桃花眼。

她忘记余一得了?

她拥抱我,她说:"这个男人是你的,不是我的。"

"什么?"

"你需要一个帮手,而他需要一份工作。所以,从现在起他就是你的人,任凭差遣……"

我端详着他:"以前做过这一行吗?"

"做过,"他四下环顾,看看来回走动的侍应生,"女侍应生的裙子未免太长了吧,统一改短。男侍应生里怎么还有留披肩发的,这像什么? 菜单设计得不好看,门口的灯箱不够亮,楼梯没铺防滑垫,洗手间标记不明显。有贵宾卡吧,拿来看看,贵宾卡可千万不能俗气,至少在材质上我们要特别。特别,才会被记住,是不是? 想与众不同就需要别出心裁,李姐,你说呢?"

我还能说什么,拉了上官之桃问:"瞧这阵势,没有几十万的年薪下不来吧……"

"你看着给呗。"

就这样,路鸣取代小凯,成为罗曼史的领班。他等不及要上任了,开始满场转悠。随他去吧,我倒落得清净。上官之桃陪我坐在落地窗旁,从包里拿出一盒烟。

"少抽点。"我提醒。

她没吱声。

"又有几家倒了……"我说。

"什么?"

"这条街上的咖啡馆。"

"可是,你没倒,你不会倒。"她看着我。

"我知道。"

"你不会倒，要撑住。罗曼史不能倒，它是我和余一得再见面的地方。我要和他在这里喝咖啡，在这里谈情说爱，在这里柔情似水……"她纤指夹烟，双目灼灼。

"你别钻牛角尖。"

"我等着他来找我。自从上次他带我去老贾的游船上喝酒后，我们就再没见过面。不但没见过面，甚至连一条短信、一通电话也没。"

"为什么？"

"估计是欲擒故纵呢。"

一刻钟后，我们听到一个熟悉的声音："李陌，帮我找个靠窗的位置。"

上官之桃挑着媚眼："他来了。"

路鸣招呼他坐下，我笑着走过去："余老师，晚上好。"

他朝着我走来的方向看了一眼，显然，他看到了坐在那边的上官之桃。她举了举水杯，算是问候他了，他同样报以微笑。

他们在对峙，上官之桃与余一得。谁先走到谁的桌子旁边去问好呢？这似乎是个难题。

十五分钟后，余一得正欲站起，路鸣已经坐到了上官之桃对面。

"那是罗曼史的新领班。"我有点尴尬。

"哦，"他大大方方看向他们，"挺般配，这两位。"

2

余一得大大方方看向上官之桃和路鸣，他说："挺般配，这两位。"

然后，接了个电话，买单走人。

我无须替谁辩白，柔和的灯光下，如花似玉的上官之桃和挺拔俊秀的路鸣,或对视,或微笑,或低语,怎么看都像是一对感情甚笃的小情侣。

后来,我才知道,上官之桃与路鸣结识于不夜城广场的某个酒吧,那时候路鸣的身份是那家酒吧的经理,也是酒吧老板娘的情人。路鸣的出现让老板娘迷醉不堪,似乎要为他抛弃婚姻。而他惊恐无比,并未想到这个女人可以这般情深义重。

这时上官之桃出现了,他几乎对她一见钟情。可是他从未说出口,他知道感情是很脆弱的东西。他甚至比谁都清楚上官之桃本质上的薄情寡义,于是他心甘情愿成了她的朋友。他迅速和老板娘中止了关系,从那混乱中出离。

路鸣来到罗曼史,其实是为了上官之桃。他像是静默守候着什么,或许这守候没有结果,没有任何价值。上官之桃从不揭穿这些,她满足路鸣对她的呵护,也只当是朋友所给予的正常关切。她应该知道,很多时候,男女之间是没有友情的。友情大多时候宽泛无边,可以冠在任何两个人头上,但不适合路鸣与上官之桃。他们的关系是,一个在付出,一个在接受,如此心安理得。

撇开这些不说,路鸣的专业态度让我十分满意,这个二十九岁的男人会成为罗曼史的一块活招牌。他对顾客的体贴表现在各个方面,比抹茶还要细致耐心。他制定了一系列员工守则,还施行了绩效考核。他要求我以身作则,成为一个勤快干练的好老板。这,当然有点难。

如此,罗曼史竟恢复了周御时代的朝气蓬勃。

而周御在这个时候忽然出现在罗曼史,他大概听闻到了一些什么。以他的个性,辛苦打拼而来的产业可以送给不再爱、但需负责的前妻,但是前妻若不善待这份产业,或者干脆由着性子来,他肯定会出面干涉,哪怕无果呢。

二度迈入婚姻后的周御比之前消瘦了,发黄的指间和牙齿,以及间歇的咳嗽声,他的烟瘾应该更重了。条纹衬衫有些皱,不知为什么卷起裤脚,却又忘记放下来,黑皮鞋上积着薄灰。

这个明知自己已不受欢迎的负心汉,冒冒失失光临罗曼史,居然就像回到自己家一般,重重往沙发上一靠,右手一挥:"一杯冰水,把李陌叫来。"

路鸣显然不清楚状况,以为是无赖来踢馆,我笑:"是前任老板。"

怕他听不明白,就再说:"我前夫。"

我拿了水过去,周御坐直了身体:"路鸣是你新请的领班?抹茶不是做得很好吗?我跟你说,这小白脸的名声可不好,在好几个地方待过,常惹是非的。搞不好你要人财两空的,知道吗?"

我不作声,只是笑。

"你笑什么?有那么好笑吗?罗曼史毕竟是我的,是我们的。当然……现在是你的。可是你胆敢弄垮了它,我就和你没完。"

"要是你和我没完,你老婆就要和你没完。"我继续笑,"多久没见面了?一见面就先上来数落我一顿,这算什么?我最落魄的时候,也不见得你出手相救嘛。"

他吐着烟圈:"我自身难保,怎么救你?你也看出来了,我现在是半个废人。去年开的酒吧倒了,今年打算做点别的,季恬然死活不肯答应,要让我老老实实帮她看店。她那叫什么店啊,卖点故弄玄虚的保健品,指不定哪天就被查封了。"

他顿了顿,意识到自己说多了,勉强笑了几声:"恬然倒是好女人,生活不易,跟着我,也难为她了。我还是顺着她些,是吧?粗茶淡饭也是过日子,习惯就好。我们打算要个孩子,孩子嘛,总是讨喜的。"

我点头:"好好过吧,你也别担心我,我也挺好。路鸣只是我的员工,没你想得那么复杂。罗曼史这点破家当,他也未必看得上。所以,没有人财两空一说。"

"那他怎么肯屈就在这里?"

"我怎知,是之桃介绍过来的。"

周御顿了顿:"上官之桃?"

"你认识她?"

"你到不夜城广场的那些酒吧,随便拉一个酒保或者熟客问一问,他们都知道她。李陌,不要和她走得太近。"

"这是我的事,不用你管。"

他站起来:"你还是和以前一样,一点都没有变。我先走了。"

3

有两个永恒的谜题:人与人之间的关系、男人与女人之间的关系。

刘太太挖走我的领班,但我还是会和她打麻将;周御为另一个女人离我而去,但我无法拒绝他光临罗曼史。

上官之桃认为我想得过于复杂了,在她看来,这都是不太打紧的事情。如果不是生命中重要的人,大可维持着泛泛的关系,不必去戳破什么。

然后她问我:"李陌,对你来说,最重要的人是谁?"

我想了想,说:"我自己。"

"你真应该谈一次恋爱。把时间消耗在麻将和桌游上,就只是消耗。"

"恋爱就不是消耗?"

"爱情是一种升华。"

我不明白。三十五岁的我有很多不明白的事——不明白为什么看起来甜蜜的爱情会顷刻消亡,不明白为什么看起来美满的婚姻会瞬间破裂。

上官之桃说我太理想主义,理想主义在这个年代是不靠谱的。不过,她何尝不是理想主义者呢?一切看起来很美的事物,都不过是理想主义者们的自我麻醉。既然麻醉了,就不该保持仅剩的那几分清醒,清醒会让他们疼痛不堪。

一个庸常的日子,开门营业,然后熬过午夜十二点。恰逢阴雨天,客人们陆续散去,路鸣提议早些打烊去吃夜宵。我点头是因为同意早点打烊,却没有同意去吃夜宵,他一边吩咐侍应生锁好门窗,一边强拉了我的手:"走,走!顺便去接之桃,我都跟她说好啦。"

我把车钥匙扔给路鸣:"你来开。"

他说:"有我呢,你就别操心了!"

这话听起来真耳熟,九年前的某天,周御提了新车回家,也说过同样的话。车,竟然还是这辆车,它和罗曼史一样,携带着许多可笑又可悲的记忆。新咖啡馆变成老咖啡馆,新车变成即将报废的旧车,我呢,我也老了。

我坐在副驾驶座,习惯性地打开收音机,里面传来邱莘的声音,低沉略带沙哑:"城市入夜,夜入城市。失眠的继续失眠,流离的继续流离。我坐在这里,又开始胡言乱语。有很多听众写信给我,说,邱莘啊,我喜欢你的节目。但,我看不到你们,我是说,我的听众,其实我们如此陌生。我不停地说话,你们不停地倾听,可是白昼轮替了暗夜之后,我们仍然形同陌路。每一次在节目接近尾声,说完最后一句道白,关上话筒的瞬间,我却总是会被一种巨大的落寞包围,找不到释放的出口。午夜电台DJ邱莘只是个对着空气说话的人,一个孤独的倾诉者。因为你们的倾听,我的存在才有了意义。而在节目之外,我总是不屑于说太多的话。要说的都已经在这里说完了,剩下的就只有秘密。秘密是要埋进土壤里的,并且永远不要期待它生根发芽。你们的秘密可以告诉我,我负责将它们深藏,直到有天你们学会遗忘。今天,一个听众在短信平台上留言,一个很长的留言。他说了一些秘密,关于他的感情生活,他希望我公开这些秘密……"

路鸣忽然笑起来:"你不觉得这个节目有点矫情?"

"嘘,别吵。"我伸手将音量调大。

邱莘似乎也笑了一声:"这个听众写道,传说古时候,心里藏着秘密的人,会跑到树林里找一个树洞,对着树洞说出秘密,然后用泥巴将树洞填上。当秘密不再是秘密,我就可以释然了。两年前,我同时爱上了两个女人,一个是即将和我结婚的,一个是刚认识不久的。她们都很好,这正是我犹豫不决的原因。挣扎了很久,我决定同时舍弃她们以示公平,并且以最快的速度找了一名新女友,就是我现在的妻子。我的心里却始终放不下那两个女人,知道自己伤害过她们,有愧……"

我关掉收音机,斜靠在座椅上叹气,路鸣摇头:"你总算为别人的事动情、动气了,是吗?"

不知该怎么回答,我抬眼,看到了不远处路灯下的上官之桃。

她穿着薄薄的连衣裙,就这样立在细雨里。

车停好后,路鸣跑到上官之桃身边,脱下外套盖住她的肩膀:"你这个疯子!"

"我就疯,我就疯!"她大笑。

他们貌似一对恩爱的情侣。

这个瞬间,我第一次强烈地感觉到了寂寞的气息。

一个单身女人的寂寞,周御离开后的寂寞,抹茶离开后的寂寞。

这来势汹汹的寂寞是秘密,我也要找个树洞来埋藏它们。

4

翌日下午,刘太太打来电话。

我们都没有白天打麻将的习惯,想必是其他无关紧要的事。比如,她要去香港购物了,问我要不要带点什么;再比如,她又查了刘老板的信用卡账单,有几笔消费显得很可疑。

没想到,她说的是:"李陌,我可能知道抹茶在哪里了。"

我顿了顿,抓起外套就往对面茶楼跑去。

刘太太已经在往常打麻将的包厢等我了,她右手边还坐了一个皮肤蜡黄、细眉小眼的女人。定睛去看,终于认出来,竟是章吾的太太。

A城不大,我与章太太在一些聚会上打过几次照面。但这样狭小的空间里,与她面对面,倒还是第一次。因为抹茶与章吾不清不楚的关系,我自己就先矮了一截,不知是站还是坐,略有些局促不安起来。

章太太笑:"李陌,久仰。"

"久仰。"我说。

"快坐下吧。"刘太太拉了我,坐到她左手边。

"抹茶在哪?"我问她们。

"她和章吾,他们就在A城。李陌,我们都上当了。"

"怎么可能?"

"有人在城郊看到过他们,我后来差人去查,原来抹茶早已在那里置下了房产。"章太太还是笑。

"我怎么不知?"

"你不知的事情多了。你那位二老板可不'二',想想看,八年了,她私下吞了你多少油水,你怎会知?"

"八年来,我可没亏待过她,她的薪酬加上分红,不必去动其他脑筋,也应该买得起城郊的一处房产。"

"李陌,你还真是大度。"

"章太太今天叫我来,不仅仅是告诉我抹茶去向的吧? 当然,也不仅仅是夸我大度的吧?"我说着这话,刘太太暗地里掐了我一把。我瞪了她一眼,开始觉得章太太来者不善,既然她不善,我似乎也没必要矮人家一截了。

　　章太太喝了口茶："我盘了店面、卖了房子，给章吾还了一部分债，这也是我做妻子应当应分的。想着有天他回来，大家一起把剩下的债还掉，好清清静静过日子。你觉得我这个要求过分吗？"

　　"当然不过分。"

　　"律师建议我起诉章吾，告他重婚，但我不愿和他打官司，更不愿弄得人尽皆知。只想私下把问题解决，他回家，就好。"

　　"那……我能帮上什么忙？"我知道她等的就是这句话。

　　"请抹茶放手。"

　　"这……"

　　"李陌，我知道你在想什么。想必，对我这样的做法，你是很不屑的。告诉你，和章吾结婚前，我并不比你少几分骄傲。可是，我和章吾毕竟有孩子了，和你的情况不一样。"

　　"我什么情况？"

　　"你和周御……A城说大不大，说小不小……你的事，我知道个大概。你和我一样的命，不过你还有罗曼史，而且你也没孩子。你比我好太多了，是不是？男人是什么东西，你我都一清二楚。今天我找你，可不是来找事的。我连姓章的和抹茶什么时候对上眼的都知道，他们那点偷鸡摸狗的破事，我哪样不清楚！谁叫我没有本事呢？那句话怎么说的，拿人手软，吃人嘴短。夫妻间也如此。我没你们有文化，嘴笨人又蠢。要是我有你们的本事，早就和章吾离婚了。我来找你，就是想请你劝抹茶放手，放章吾回家。"

　　"章太太……"我一时语塞。

　　"我从城那边过来，娘俩走在城南桥上，我尽量拉着孩子往中间靠，怕自己想不开就抱了孩子往河里跳。你肯定会想，像章吾和周御这样的男人，不要也罢。可是，李陌，你有没有静下心来想过，一段关系出了问题，我们自己是不是也有原因？我只是想做一点努力，不能够就这样放弃的。"

"章太太,我想问一句也许不该问的。"

"问吧。"

"就算章吾回来了,又怎样呢?"

这时,一个七八岁的小女孩探头探脑走进包厢:"妈妈,我想回家了。"

"囡囡,快过来,向这位阿姨道谢,"刘太太指着我,"有她帮忙,你爸爸就能回家了。"

小女孩怯生生走向我:"阿姨,我爸爸什么时候回家啊?"

刘太太看着我,微笑。

她知道什么是我的软肋,就好像她知道我要和的是哪张牌。

5

我不喜欢冬天。

一种万事万物奄奄一息的感觉。就好像,什么都是无望的。

无望的希望、无望的欲望。如果我还有希望和欲望的话。

当年,周御递过来那张离婚协议后,我也曾像章太太一样,我想死。那年,我二十八岁,和周御新婚不满一年,新房里的大红喜字似乎才刚刚贴上去,但是他说他要和我离婚,我甚至还来不及告诉他我已经怀孕。

某个清晨,我走到城南桥,往下看,是一片死寂的大江。不是没有想过挽回,其实是可以挽回的,要是我足够执着。犹豫了数小时后,我走向医院,拿掉了我们的孩子。之后我在离婚协议上签了字,拿出手术单据,对我的前夫说:"你应该知道的,我们曾有过一个孩子。"

他的表情是复杂的,一些愤怒、一些惊诧:"你做了我们的孩子? 你怎么可以?"

"别闹了,我们都离婚了。"我看着他。

"这和孩子无关!"

"你生气?"

"我当然生气。不但生气,我还恨你。"

"可不就是要你恨我吗? 恨,就好。恨,才不会忘。"

"何苦呢? 李陌,何苦呢?"

"你可以去收拾东西了。协议上是这么写的吧,这房子还有罗曼史是我的了。请吧,周先生。"

暴戾的周先生摔门而去,自从季恬然出现后,我们时有争执,他常常这样摔门而去。不过这一次,他再也不可能回家了。因为,家散了。

我理解章太太,可是,我也理解抹茶。她们都一样,不过是想要一个男人、一个家。错就错在,她们看上了同一个男人。

上官之桃说:"为什么不去找余一得? 他不是章吾的朋友吗? 以抹茶的性格,那么坚定要和章吾在一起,连你都隐瞒——你的话,她未必能听进去。你和余一得,一个劝抹茶,一个劝章吾,没准能成,如果你笃定要帮章太太的话。可是,你真的要帮这个忙吗? 李陌。"

我当然在犹豫,但还是叫来了余一得。

"他们真的在 A 城?"他问。

我晃了晃手里的纸片:"章太太给我的地址,想必是真的。"

"她去过?"

"她说她去了也没用。"

边上的上官之桃笑看着余一得:"你打算怎么办?"

"先去看看他们吧,如果这是真的。你要一起去?"

"嗯,我想,我和抹茶年纪相当,没准能劝解她几句。"

他似乎想到什么,说:"工作室的名字我替你取好了,营业执照也给你办下来了,放在我车上,本来想给你送过去的,方便的话。"

"没什么不方便的。"

"怕你男朋友多想。"他看了看在吧台忙碌的路鸣。

"我没男朋友。你给取了什么名字?"

他笑:"之桃。"

"之桃?"

"嗯,还有比这更合适的吗?"

"倒也是。"

我耐着性子听他们把话说完,拿了包:"快走吧。"

我开车,余一得和上官之桃坐在后座。车子驶向城郊,感觉整个 A 城都被甩在身后了,目光所及之处是萧瑟的田野。隐隐听到后座上这对男女的对话,一些云里雾里的措辞,相互试探、欲言又止。

只想开得再快一些,路况和车况都不太好,一路颠簸。对面驶过来一辆小货车,闪避不及,一个急刹车,上官之桃倒进了余一得怀里。

"你该换辆车了。"余一得对我说。

"她要换的岂止是这辆车。"上官之桃从他怀里钻出来,脸颊泛红。

第 六 章

秘密

1

有一回,抹茶倒是提起来过,说城郊空气新鲜,有几处新开发的楼盘,买个房子安安耽耽过点小日子,还真是不赖。

她就这么一说,我就这么一听。

不是没为她盘算过,想着她和章吾总有散的那天。如果散的时候,她还有足够的能量,仍然有机会找个好男人嫁掉。对感情,我尽管有些颓唐,但还是相信好男人的存在,那种豁达、宽厚的好男人。然而,有些事情,一念天堂、一念地狱。

循着地址,找到了那个小区。毕竟是刚开发的楼盘,不够齐全的配套设施、稀稀拉拉的保安、不甚满意的绿化。是三楼,上官之桃按的门铃,开门的正是抹茶本人。

"我以为是……"抹茶局促不安,她应该很后悔没有透过猫眼看看。

"你以为是谁?"我有点咄咄逼人。

"马桶堵了,我以为是物业的人。你们怎么来了?"

"还不快请我们进去,章吾呢?"余一得问。

两室一厅,好像还没来得及细细装修,唯一像"家"的地方是房间里弥漫着糖醋排骨的香味。章吾拿着锅铲从厨房里走出来,一副又惊又喜的样子。抹茶招呼我们坐下,转身去泡茶。

章吾忙不迭从她手上抢过暖水瓶:"我来就好,你乖乖坐下。"

抹茶笑了笑,不轻不重、不急不缓地说道:"自从我怀孕后,他什么都不让我干。"

然后她吩咐他,"既然家里来客人了,你再去买点菜吧。"

余一得说:"章吾,我们一起去。顺便带我参观参观你们这个小区,还别说,这里倒清静。"

房间里就剩下我们三个女人了。抹茶削了两只苹果,一只递给我,一只递给上官之桃:"打算生下孩子再告诉你们的。不是我不说,而是我说了,就不得安宁了。"

我已经说不出话来,把苹果扔进垃圾桶,拉了上官之桃要走。

"姐,我知道你生气,"抹茶指着自己的肚子,"念在这个孩子的分上,你容我解释解释。"

"几个月了?"上官之桃问。

"才一个月,还看不出来呢。"

我竭力冷静,还是没能控制住:"我真希望没有找到你。现在,我还有什么可说的? 你知道吗? 章吾他老婆知道你们住在这里,地址就是她给我的,她不上门来闹事,一是顾全她自己的体面,二是顾全她老公的体面。至于你,你真的惹恼了她,她可不会顾全你。你们要私奔,可以,但私奔就得远走高飞,是吧? 居然还在 A 城! 从城区到这里,三十分钟的车程,她是随时可以来的。她来了,砸烂你们这个'家',踢爆你的肚子,都不算过分!"

"你有点过了。"上官之桃说。

"不用你提醒! 你以为你和余一得能有什么好下场?"

"李陌,我们今天是来解决问题的。你说的这些,都有道理。问题在于,抹茶已经怀孕,你总不能拖着她去堕胎吧?"上官之桃搂着我的肩膀,"消消气,消消气,听听抹茶怎么说,好不好? 你们聊着,至于我嘛,我回避,以免再被你的流弹中伤。李陌,把车钥匙给我,我去兜兜风。"

上官之桃拿了车钥匙,轻轻带上房门。

抹茶看着我,泪眼迷离。

"别哭,哭有什么用。"我说。

"我也不想这样的。"

"我看你很享受这样的生活,很居家很主妇也很幸福。"

"姐,别说了。告诉我,我该怎么办?"

"怎么办? 我就明明白白告诉你吧,章吾是不会离婚的,就算他想离婚,他老婆也不会同意的。我和她谈过,她横竖是要和章吾绑在一起了。你真的要生下这个孩子,也可以,那就请你做好单亲妈妈的打算。说真的,我不懂你,章吾有什么好? 酸溜溜、油腻腻,拖家带口,这会儿,又欠着一屁股债。"

"可是,爱情,不就是盲目的吗? 姐,难道你没有爱过吗?"

我当然爱过。只是,对我来说,爱情已经可有可无。

或者说,我明白理想中的爱情早就摧毁,所以不再期盼。

算起来,抹茶已经二十八岁,意味着最美好的时代即将结束,然后车轮飞转,风华不再。光阴还会让女人的骄傲和坚守变质,不可逆转地替换成自卑和偏执。那个男人再不堪,于她,却是一个光圈,将她笼罩;又是一个牢笼,将她囚禁。而她在他心里的位置,怕是她自己不敢去探知的:他爱她吗? 他有多爱她? 爱到可以为她抛妻弃子吗? 或者,他爱的就只是他自己?

长久的沉默后,抹茶说:"姐,我想和章太太谈谈。"

"谈谈? 谈什么?"

"不知道。就是想见她一面,谈谈。你能帮我安排吗?"

这时,章吾推门而入:"我们买菜回来,路上碰到上官之桃,老余说要带她去逛逛。对了,抹茶,你不是想吃猕猴桃吗? 我一并买来了,榨汁好不好? 你们聊着,我先去忙。"

"姐,你看,他对我还是很好的。"

"是吗?"我笑笑。

2

余一得开着我的车,载着上官之桃。

他们遇到卖烤番薯的,停下车来买一对;他们遇到卖奶茶的,停下车来买两杯。全是上官之桃爱吃爱喝的,她一直笑个不停。

真正意义上的第一次约会,这应该是。为什么余一得不肯接受上官之桃在罗曼史的那次投怀送抱,谁知道呢?或者他自己都不知道。后来他这样对她解释,他喜欢缓慢的节奏。据说,缓慢的才是长久的。比如乌龟爬得很慢,所以能长寿。

她反驳:"谁愿意做乌龟呢?你必须接受年轻人的快节奏。"

接近傍晚,田野铺满金黄色的余晖,他们被浸润着,获得巨大的快意。车子没有目的地,车里的人各有目的。

上官之桃是矜持的,这一回。她穿着一条黑裙子,外面罩着橘黄色短风衣,没有扣上,只是软腰带随意打了个结。不久前刚做的离子烫非常适合她,直发在风里有规律地飘扬,衬着鲜艳的妆容。她微微抿动双唇,不去看余一得。

他专心地开着车,嘴里叼了烟,车窗摇下时,问:"冷吗?"

"我要抽烟。"她说。

他递给她烟和打火机,她伸右手去接,他的小拇指忽然钩住了她的大拇指。她很快将手缩回来,烟和打火机同时落下,他眼疾手快,竟然接住了它们。

"之桃,故事比你想象的更为复杂。这个男人,是污浊不堪的。他在打你的主意,你应该感觉得到。"他笑了笑。

"那就更有趣了,你打定主意我会参与,才会坦白相告。"

"聪明不是好事情,对一个女人来说。"

"是,我的导师也这样说。"

余一得忽然停车,握住上官之桃的手:"丫头,我当然是喜欢你的。"

她没有拒绝,甚至半红了脸。事实上,在此之前,她几乎忘记了什么叫脸红,任何腼腆、羞涩都与她无关。而他竟然也有异样的感觉,似有浪潮来袭,他正拉着她的手奔跑。他们如此靠近,在这狭小的空间里。

如此靠近。我能想象那是一种什么样的感觉,当上官之桃告诉我这些时。这种靠近,与肌肤相亲无关,与灵魂相关。交集,电光火石。

余一得紧紧捏着上官之桃的手,车子停在一棵大银杏下,金黄色的叶子飘落在车窗上。她探头出去看,却听到自己急促的呼吸声。他进一步接近她,闻到稀薄却足够吸引他的玫瑰香味,来自她的身体。

"之桃。"他叫,声音又轻又软。

"嗯。"她把头探回来,看着他。

他抱住她,狠狠地:"之桃,之桃。"

"余一得,你这个流氓!"她娇嗔。

他松开她,仔细端详她,吻她的左手,然后把她的左手放在自己的右手里。这持久的观看,让她享受到了浓烈且深切的爱情。她知道自己又输了,是的,沦陷于一场也许是精心设计的温柔。精心设计还是无心而为?她不去想。

她继续娇羞,不是演戏,是真的娇羞难堪。她是那么低微,在他面前。她感恩戴德,他如此温柔以待。这个时候,她忘记了这个男人身后的一切,他和他的罗曼史。她完全沉醉在想象中,想象自己的手在他的安抚下变得温热,被捧着、端详着、疼爱着,仿佛他是怕她的手融化,她却又想象着自己的手已经被他的注视所融化。

他吻她,俯身向前吻她,她松松软软地瘫在了副驾驶座上。他扶住她,一手抱住她的脑袋,一手将她的身体拽过去。是的,拽过去。之前的温柔变得有些粗暴,却恰到好处。她的嘴唇比他所想象的更为柔软,羊脂般凝滑,带着一丝甜一分香。唇瓣辗转缠绵之时,她变得如此笨拙,只是紧紧抓住他的双臂。紧紧地,又怕自己的指甲弄疼他。她无计可施了。而他,早已血管扩张,血液奔涌。

他能听到她低低的试图克制的喘息,他把她拉到自己身上,吻她。两个人交叠在驾驶座上,像是她主动跨坐在他大腿上,浑圆的胸部正对着他的脸庞,如此诱惑的姿势。

他腾出手来把座位后移了一些,她闭着眼睛,知道会有什么降临。他摸索着她的身体,她像温驯的小羊任他摆布。黄色短风衣被扯开了,黑裙子的领口被拉开了,贴身的文胸被挪开了,当他把她那粉嫩的花蕾含在嘴里的时候,感觉到了她浑身的颤动。他的胡茬滑过她的皮肤,像有一枚枚细小的针在她的皮肤上刺绣。即使有疼,也是这般的心花怒放。

天暗了,没有月亮。云层融化进天空,使得天空光洁如黑镜。黑镜,照不到任何东西。她不能够继续沦陷下去,是的,她不着急那么早奉献一切。于是,她制止了他的进一步探求:"余一得,这样……就很好。"

他们拥抱着,静止。

3

抹茶告诉我,整件事情并不是她和章吾一开始就谋划好的。章吾是真的被高利贷逼得没办法才出逃。而她,是因为他的离开而万念俱灰,才躲到城郊。城郊的房子是她一年前买的,执拗的她早就有了等待章吾离婚的决心,想着要是有天他净身出户——没关系,她已经备下一套房子。她当然不敢告诉我,因为她最清楚周御是怎么离开我的。

一个人住的那些日子,她每天坚持给章吾打电话、发短信,终于联络到他,他答应偷偷回来见她一面。这一见面,发现彼此根本不能分开。又转念想到最危险的地方就是最安全的地方,章吾竟住了下来。后面的事情,就有些无法收场了。

二十岁时,章吾写诗;三十岁时,他转行当了厨子;四十岁时,他躲开一切,和他的情人蜗居在城郊。他说着这些,就着一瓶老白干——照旧喜欢诉苦,命运是如何不公,如何不平。

我以为他不必再慨叹命运,实在是因为他已经过了可以轻易慨叹的年纪。他没有从那些华丽的诗句中回归到切实的生活,哪怕他掌握着高超的烹饪技巧,食尽人间烟火。我只好提醒他,现在有一桩麻烦事正摆在他面前,等他去处理——那不是歌吟风花雪月,也不是拾掇鸡鸭鱼肉,而是关于两个女人的命运,她们需要他给出一些正面的回应。

余一得和上官之桃一直没有回来,他们显然忘记了这次“城郊半日游”的真正目的。或许一开始我就不该请余一得出面,他从来就不算是男人中的好榜样。这个时候,我想起张克远,这个洁身自爱的鳏夫。当年,他也规劝过周御,暗示周御离开季恬然,他觉得感情和欲望都是可以控制的,他对他的周老弟说,爱欲于人,犹如执炬逆风而行,必有烧手之患。他的周老弟说,那就让它烧吧。我知道他尽力了。

这顿饭吃得特别漫长,没人说话的间歇里,我看着抹茶,抹茶看着章吾,章吾看着酒杯。我试图打破这种沉寂,却不知该说什么了。

章吾在喝完最后一滴酒后,凝视着抹茶:“刚才,我和老余坐在菜市场大门口的台阶上,看着人来人往。当时,我特别想写一首诗,只想到第一句,却再接不下去了。”

“第一句是什么?”抹茶问。

“这不重要。我现在不是在和你谈诗歌,宝贝。”

“那你要谈什么?”

“老余问了我一个问题,他问我还记不记得自己最开始要的是什么。

87

我想了想,我最开始要的东西,现在一样都没得到。或许曾经得到过,但现在,全都没有了。我选的每条路,似乎都没有办法完完整整走下去。包括诗歌和餐馆,包括我老婆和你。你从没问过我为什么要去赌,大概,我赌,就只是为了输呢! 就好像,我和你在一起,就只是为了分开。抹茶,这些,你能明白吗?"

"你喝多了。"她说。

"也许我是喝多了,但我的脑子从没像现在这样清醒过。老余又问我,他问我现在最想要的是什么。我回答不出。"

"你最想要的难道不是和我生活在一起吗? 和我,和我们的孩子,一家三口。"

"一家三口? 我已经有一个'一家三口'了啊,傻姑娘。"

"你说什么? 你再说一遍!"抹茶站起来,猛晃着章吾的肩膀,"你真的醉了! 叫你不要喝那么多嘛,你不听,你为什么不听呢? 你不能不要我啊,你老婆卖了房子抵了店给你还债,还不计前嫌请你回家,她是很了不起,但我现在怀着你的孩子呢! 你到底想怎样? 你说啊,你说啊!"

"他说他已经有一个'一家三口'了,"我说,"还要人家说得再清楚些吗? 我看,喝醉的人是你。"

4

余一得和上官之桃回来了。

他好像料定抹茶会跟我们走一样,对章吾说:"时候不早了,我们先把抹茶带回城。"

这是我第一次对余一得另眼相看。他的表情仍然是淡淡的,眼神里却自有一种胸有成竹。他没有劝解,不说大道理,仅仅是问了章吾两个问题:你最初要的是什么? 你现在要的是什么? 我不知道他自己会怎么回答这个问题——当局者迷。

抹茶带了几件换洗衣服,闷不吭声上了车。章吾本想下楼来送,被上官之桃挡在门口:"既然喝多了,就早点休息吧,我们会照顾好抹茶的。"

余一得帮忙开车,上官之桃很自然地坐到了副驾驶座。我和抹茶在后座,一路上,她紧紧拉着我的手,喋喋不休地重复着一句话:"房产证上写的是我的名字,我倒走了……"

"房子还是你的,暂借他住几天。你目前的状况,还是去城里比较好。这个孩子,如果你要,就要定期做产检;如果你不要,也得找个好医院。窝在城郊,总不是办法。况且,我们已经知道了你的现状,怎么可能对你坐视不管?"余一得对抹茶说。

当我们发现一段感情已经没法去计较感情本身的得失时,总要去计较感情以外的东西,是不甘心在作祟。当然,有些人会以为这种"不甘心"就是爱。而"爱"本身是什么,谁知道呢?

抹茶念念叨叨了一路,我和余一得不时拿话开解她,唯有上官之桃是沉默的。她看着窗外,神色恍惚。我忍不住问:"之桃,在想什么呢?"她扭头看我一眼,继续沉默。

我不喜欢沉默的上官之桃,也不习惯碎碎念的抹茶。初见上官之桃的那个下午,抹茶还在罗曼史的那个下午,就这样,被封存和定格在记忆里了,若不用心去找,它就像从未存在过一样。

抹茶执意要和章太太见面了,我始终觉得这是件尴尬的事。当年我不肯离婚时,季恬然多次想找我谈,都被我拒绝了。

地点就定在罗曼史的一个包厢里,是上官之桃给章太太倒的咖啡。不知我和抹茶进包厢前,上官之桃与章太太说了些什么,她们两个看起来居然有些热络。

"不用奇怪,我算是之桃的客户,在她那里做过衣服,是老余介绍的,"

章太太似乎看出了我的疑虑,继续说着,"想必之桃当时也不知我是章吾的太太吧。"

上官之桃笑道:"谁曾想到章吾的太太会是这样落落大方呢? 那件格子大衣一穿到你身上,就活起来了。"

章太太笑个不停:"所以说你是块做生意的料。"

我打断她们的对话:"章太太,既然是你和抹茶的私密谈话,我和之桃就先回避了。"

"不必的,没什么见不得人。"抹茶说。

"也好,你们都坐吧。"章太太说。

抹茶坐下,第一句话就是:"我怀孕了。"

"是章吾的?"章太太看着她。

"当然。"

"好。"

"什么叫作'好'?"

"生或者不生,由你做主。生了,我们养;不生,我们也会对你负责。"

"你们?"

"我和章吾,我们。"

"你那么肯定他会回到你身边?"

"我想,他目前不会回到我们任何一个的身边。但我现在还是他法律意义上的妻子,他的一些行为,我仍然需要为他负责。"

"你不是哭着喊着求他回来吗?"

"昨天他给我打过电话,我听出来,他是不会回来了。起码,他暂时不会回来了。"

"竟不知他是那么不负责任的男人。"

"从和他恋爱、结婚,直到今天,我都深信不疑一点——别指望他负责任,他的字典里压根就没这个词语。"

"他本来和我在郊区生活得好好的。"

"是,我断定等到你孩子生下来后,他还是会走。他是那种想到一出是一出的男人,今天他觉得红烧肉好吃,明天他觉得红烧鱼好吃,后天他又想吃素了。"

"既知他的秉性,你当初还要嫁给他,奇怪!"

"试问,除了我,还有哪个女人能包容他?"章太太神情淡然,补加了一句,"今天和你谈了,我倒更肯定一点——如果他回来,还是会回家的,回他真正的家,有我和他女儿的家——这一点,请你明白。"

"未必,"抹茶笑着说,"我要把这个孩子生下来。"

5

抹茶说,她要把孩子生下来。

我并不惊讶,这符合抹茶的个性。我相信章太太说的"如果他回来,还是会回家的,回他真正的家,有我和他女儿的家",抹茶和她相比,实在过于稚气,不但稚气,还喜欢意气用事,就像是女版的章吾。两个章吾在一起是没法过日子的,章太太显然很明白这一点。这个说自己粗笨的章太太,才是有生活大智慧的女人。

刘太太后来给我灌输过一种观念——女人嫁给谁都会后悔。她说,嫁给有钱的男人,他们总是重利轻别离;嫁给好看的男人,他们难免桃花不断;嫁给空闲的男人,他们又往往能力有限;还有一种简直糟透了,就是嫁给怀才不遇的才子,除了陪他一起谴责时运不济外,还要为他生活上的不成熟买单,比如章太太。

不过,刘太太又说:"这就是命,自己做下,自己承担。"

我笑:"原来,你是一个哲学家。"

"我只是见得多了,李陌。"她倒谦虚。

章吾又来了一次杳无音信,抹茶要回城郊,被我强行留下。罗曼史当然是不能待了,我不想她和她的肚子成为客人们茶余饭后的谈资,虽然当下还看不出来。如果和我住,我大多时间都要在罗曼史,又担心情绪不太稳定的她一个人在家里想不开。

上官之桃建议抹茶和她一起住,她总是那么得体:"抹茶,你来了,工作室的一些日常事务,你还可以帮帮忙呢!"

抹茶答应了。

上官之桃的工作室到底经营得怎么样,我一直没过问。有个午后,邱莘和另外两个女伴来罗曼史小聚,忽然问及上官之桃:"李陌,你和她很要好吗?"

我并不需要否认,点头。

"那你应该好好恭喜她了,她会是下一期《A城画报》的封面女郎。"说话的是田皑皑,邱莘带来的女伴之一。田皑皑是《A城画报》的记者,我无从推测她的年龄,三十五岁,或者四十岁?年龄对她来说,似乎也并不重要。她应该是未婚,但无名指上有一颗并不张扬的钻戒,小而精致。她是那种"眉如远山,眼若秋水"的女人,常常略带几许微笑,话不多,喜欢倾听。张克远偶尔会带她过来喝咖啡,一来二去,我与她也有了浅淡的交往。

"一个小裁缝都可以当封面人物了。"邱莘的另一个女伴在冷笑。

"这是林氲氲,我们的实习生。"田皑皑指指那姑娘,给我做简单的介绍。

我随手拿起一本《A城画报》,上面的封面女郎有着麦色皮肤和亚麻色的卷发,雪白的牙齿和褐黑的眼睛。背景是夜色笼罩下的A城,迎宾大道上的车水马龙和川流不息。上官之桃虽然也很好看,但我也实在没办法把她和这种封面女郎联系到一起。

"余老师肯定是疯了。"林氤氲说,然后她站起来去找洗手间。

等她走远,田皑皑对我说:"没办法,现在的年轻人都很自我,讲话多半没有分寸。再者,这孩子被林五六宠坏了。"

噢,原来她是林五六的女儿。我当然知道谁是林五六,A 城人都知道林五六——企业家林五六、慈善家林五六。A 城有些秘密是公开的,比如,林五六家中有个资深怨妇林太太。

平常打麻将的时候,常听周边的太太们提起:"有钱有什么用,林太太总算是有钱了,还专门买了个保养子宫的仪器——就算保养回十八岁,不照样是个怨妇!"

"上回林五六修建长兴塔,开工剪彩那天倒看到林太太了,眼神里竟没有一点神采。听说她常年吃药……"

"吃药?"

"精神病。"

"怎么会?"

"怎么不会? 要是你老公整天在外面花天酒地,把家当酒店,你也会得这种病。"

然后,众太太一通乱笑。这时候,我们会发现,打麻将真正的乐趣,反而不是麻将本身了。

林氤氲上完洗手间回来,问我:"上官之桃常来这里?"

"是的。"我说。

"今天下午开会,余老师都把她夸成一个奇女子了,我得见见她。"

邱莘放下咖啡杯,笑看着我:"我倒是见过的。"

第七章

风起

1

每个城市都有自己的声音,有的声音浑厚震撼,有的声音柔媚风情。如果说媒体能代表城市发出叫喊,那么《A城画报》是偏重于"柔媚风情"的。如果它有性别的话,应该是个女人,一个爱八卦爱扯淡的女人——余一得这样说。

A城有很多杂志,《A城画报》却是最具代表性的。代表什么?在执行副主编张克远身上找不到答案,当然,在副主编余一得身上也找不到。

余一得这样形容他所就职的这家杂志社,一艘破帆船刚好遇到顺风,支撑不了多久,总有一天要淹没在惊涛骇浪中。他并不满意杂志目前的风格,偶尔会有抱怨。他的观点十分鲜明——既然不再是文学杂志,就应该转型为真正的城市杂志,应注重个体感受的发掘与镂刻,记录和阐释都市生活方式、时尚观念的变迁以及都市人群内心世界的感悟。而媒体是站在船头瞭望的人,在这个城市的生长过程中,媒体应当是引领者,代表着城市化进程,是永远的火车头——思想,观念,好恶,一切。

这一点,上官之桃表示认同,杂志应当做读者的精神伴侣。余一得点头称道,她总能给他很多惊喜。他并不知她其实做过很多功课,为了无限接近他的思想,她总是不辞劳苦。

上官之桃第一次走进《A城画报》所在的江门大厦。她的穿着十分显眼,橘黄色短风衣、绿色热裤、白色羊皮靴。她一开始就不低调,在她的概念里,有些低调都是不必要的。

坐在余一得外间办公室的实习生林氤氲先看到了上官之桃,她预感这就是余老师今天要约见的女人——《A城画报》下期的封面人物,一个名不见经传的服装设计师。

"找余老师的？预约过吗？"林氤氲问上官之桃。

上官之桃微笑，点头。

这时，余一得走了出来："你来了？请进吧。茶还是咖啡？"

上官之桃是得意的，这样的得意她没有表现出来，仅仅是说了一句："不用麻烦了。"

林氤氲对余一得有些讨好上官之桃的行为感到极度不满。自从十二岁起她就跟随余一得学写作，尽管后来有四年时间她去上大学了，可她觉得自己与老师深厚的感情是无人能敌的。她甚至把他当成父亲来对待，这是很微妙的关系，她从少女时代就开始仰慕这个男人。之后她推门而入，找了把椅子坐下，摊开笔记本，像个真正的实习生那样，端端正正。

余一得笑了笑："听听就好，不必什么都记的。"

他坐在大班椅上，身体前倾，看着上官之桃："这张照片要表达的是'折腾、郁闷、添堵、荒凉、混乱、无聊'，怎么说呢，人在繁重压力下，在日常生活里无法喘息的感觉。我们需要你用表情与肢体语言来体现，但又不能太流于表面，我不知道你能否……"

"你需要有内容物的表达，我想应该不会有问题。"她说。

他清着嗓子："其实，这些是你们'80后'的特质。"

"我不相信你作为'70后'就能四平八稳，面面俱到。说白了，'40后''50后''60后''70后''80后'的区分只是一种宜于行事的假设，真正的情况还要看具体的人。任何一代人都不是'垮掉的一代'，垮掉的只是个体。或者也不能说垮掉，确切地说，是某些个体与同代人之间有区别。或许你就是那样的'个体'，当然，我肯定就是。"

"氤氲，之桃这段话，你记下了吗？"

"你不是说'不必什么都记'吗？"林氤氲看着余一得，"刚才那段话，很重要？我怎么没听出来。"

2

林氤氲不愿意继续待在杂志社,她决定回家,无论如何,先把这拘谨严肃的套装换掉。然后出去喝酒也好,血拼也好,总之,这个家她无论如何都待不住。

林家住在城东的半山别墅区。广告词是这样说的——时尚的建筑,潺潺的流水,自然的景观,起伏的地形,构成完美的人文空间。林五六是A城排得上号的企业家,他选的房子自然也要与身份相称。

林太太正在家里看报纸,女儿气呼呼地冲回来,吓了她一跳:"氤氲,你又旷工?"

"这叫早退。"林氤氲朝楼上跑去,随手把刚脱下来的上衣甩出去,上衣转了个圈,飞到客厅的大落地灯旁,一边的保姆赶紧去捡:"要送去干洗吗?"

"爱洗不洗。"她没好气地说着,冲向自己的闺房。

林太太习惯了女儿大大小小的毛病,也实在没有心力去管束,她继续看电视,这不过是百无聊赖的选择。A城新闻电视台正在播放一则社会新闻,那起轰动A城的杀妻案今天就要终审判决了,迟疑三秒钟后,她决定换台。如果林太太不换台,没准就能看到法庭旁听席里也许会被镜头带过的田皑皑。

田皑皑目不转睛地看着被告席上的那对男女,他们在半年前合伙谋杀了一个女人,死者是男人的妻子。她从未见过如此从容的犯罪嫌疑人,他们的脸上始终浮着若有若无的笑容。不,绝对不是阴郁的笑容,甚至有几分温暖。他们温情对视,简直视死如归。

这,需要怎样的爱?

羊城

旁听席有些喧哗,田皑皑起身离去,她不想听到最终判决,尽管她的工作需要她听完。回杂志社的路上,她在街边小超市停下车,买了一包烟,店员执意要送她一只打火机。待坐进车里,才发现打火机上印着"A城画报"的字样。

为了扩大杂志发行量,她的同僚们无所不用其极。除了打火机,他们还有纸杯、T恤、帽子、挂历、年画、纸袋。为什么打火机会流落进超市,她不想去追究,这个与她无关。她点了烟,猛抽了两口,咳嗽然后周身发冷。

多年的记者生涯,她什么样的场景没见过?可是,她害怕被告席上那对男女的表情。因为爱,就可以掠夺别人生存的权力?可是她自己呢,到底和他们有何区别?

她径直回到杂志社,他们说余一得带着封面女郎上官之桃去江边拍照片了。她一路飞车,置所有红绿灯于不顾,像个亡命徒。当她找到余一得时,他正在给上官之桃调整拍照的姿势。田皑皑站在人群里,拢紧风衣,拍拍靴子上的粉尘,像个好奇的过客。

上官之桃穿着细瘦的黑裙,匀称的双腿显露在裙摆下面,臀部恰到好处地翘着。直发垂肩,面若春桃。她握着一把剪刀,剪刀上绑着的红绸带迎风飘荡。她的身后有个举着红幡的男模,赤裸着上身,表情凝重。

余一得掰着上官之桃的手指:"放轻松,别紧张。"

"能不紧张吗?说拍就拍,我一点儿准备都没。"

"丫头,我这叫雷厉风行。"他堆着满脸的笑。

田皑皑转身离去,阳光不错,洒在大江上,洒在老城墙上,洒在这个有些歇斯底里的女人脸上。她躲进车子,抱住方向盘,泪水就这样落下。

3

田皑皑需要大哭一场,不为别的,就只是需要。

她看到了年轻的上官之桃,也看到了忽然变年轻的余一得。这样的他,她再熟悉不过了。二十二岁那年,大学毕业,她和余一得、张克远来到A城,被分配到当年声名鹊起的《大江》杂志社工作,那时候的《大江》和那时候的她一样简单。一晃十五年,如今她已经三十七岁。

林五六赶到江边的停车场,一眼认出了田皑皑的车。他肥胖的身体穿行在车辆中间,喘着粗气,一路小跑。他敲打着她的车窗,她开了车门,一把抱住他。

"别……这里人来人往。你怎么了?我正在开会。"他轻推开她。

"我不是你老婆,开会是忽悠她的,别拿来忽悠我。"

"我跟你说开会,那就是真的开会。我在重修长兴塔,很多琐碎的事情要处理……"

她打断他的话:"全城人都知道你在修长兴塔。"

"早晚我要让全城人都知道我爱的是你。"他笑道。

"这话你说了五年。"

他钻进车子,坐到副驾驶座:"耐心点。"

她耸着肩膀啜泣:"老林,我平时不这样的,今天……我情绪不好。"

"情绪不好找老余,找老林没用。"

"你揶揄我。"

"岂敢,他余一得不也是我的朋友吗?他帮我开导开导你,我倒落得轻松。你们难道会旧情复燃?我就不相信了。我比不过他?我有这个自信!你们不是常来常往,一下喝咖啡一下喝茶的,我有过意见吗?"他把她拥入怀里，"等忙完这阵，我带你出去走走。想去哪里?"

"我哪都不想去! 今天那个案子终审,我去旁听了。"

"哪个案子?"

"杀妻。"

"以后这样的场合,少去为妙。我跟你说过很多次,工作可以辞掉,何苦呢?"

"老林,我们还是算了吧。"

"你又说这样的话,我们在一起那么多年了,怎么能说算就算。"

这天,田皑皑的情绪跌落到了谷底。她在外人面前总是平和淡然,她的坏情绪只发泄在亲近的人身上,比如林五六,再比如余一得。每当情绪失控,她首先想到的人却是余一得。她需要他的开解,尽管她明白这样的开解并不能根治她的症状。

旅游旺季过去了,游客渐少。这个秋天,林五六的赌船又为他捞了不少钱。她曾去那些船上看过,乌烟瘴气,赌徒们一律有发黄的皮肤和嘶哑的声音。她没有能力阻止林五六收手,他的贸易公司只是个幌子,这幌子那么大那么张扬,她拧不过他。余一得说,林五六若收手,自然会有别人去接手。这是 A 城的顽疾,与她的情绪失控一样。

林五六打算给田皑皑换一辆新车,她不肯要,她觉得自己丧失的已经不仅仅是女人的尊严。她噩梦频频,不开灯就无法入睡。很多次她怀疑自己对林五六的爱,可是离开他,她同样不知道该怎么办。

"你真的会离婚吗?"她像之前一样无数次地问他。

"当然是真的,等她身体好转。"他像之前一样回答她。

4

在时间轻蔑的流动里,在温暖迷乱的骚动中,秘密终将揭露。

这是邱莘MSN的个性签名。她穿着睡衣,盘腿坐在电脑桌前,一边"斗地主",一边和网友闲聊。离婚后,她买了这处单身公寓。小高层,八楼,坐北朝南。还有宽景阳台,不但视野开阔,采光与通风都不错。

蒙头睡了一个下午,邱莘再次感觉空空如也。开了一瓶红酒,又不想喝了。也许田皑皑说得没错,生活已经颓败,何必再徒增颓然?田皑皑也在MSN上,她说:"实在无趣的话,我们去罗曼史坐坐?"

田皑皑很少在人前表现出软弱,这次却不一样。在罗曼史的一个小包厢里,邱莘第一次看到哭泣的田皑皑。

人,都要选择。只是,有些错误的选择,往往要影响一生。田皑皑的故事邱莘不是不知道,只是假装不知道,也实在是不想知道而已。毕竟,在那个故事里,余一得亦是男主角之一。邱莘想象不出十五年前田皑皑拒绝余一得的缘由,当然,她同时拒绝的还有张克远。若干年后,原本孑然一身的她居然选择了做林五六的情妇。

如果换做邱莘自己,肯定会毫不犹豫地选择余一得吧。就好像现在,她仍然在等他,等他一通电话,等他一次造访,等他一个拥抱以及其他更多的。他刻意在冷淡她,她当然能够感觉到。她不动声色,自以为"不变应万变"是上上策。大概减少见面次数也是好的,不见面,他就没有机会说出那两个字,那两个迟早要从他或者她自己嘴里吐出来的字。

"我累了,"田皑皑说,"你呢?你累吗?"

邱莘迟疑着,在找一句合适的对答,终究没找到。这个伶牙俐齿的DJ女,保持沉默,捧着一杯冰拿铁。

"冬天还喝冰的,你到底比我年轻。"田皑皑有些自说自话。

"冰,让我觉得清醒些。"

"你醒了吗?"

"有时候,是不愿醒。"

"听说你前夫一直在求你跟他复婚,为什么不答应?"

"你知道为什么。"

"因为余一得?"

"或许吧。"

"他不值得,他不会和你结婚的,当然,他也不会和其他任何女人结婚。"

"或许吧。"

"从上大学算起,我和余一得认识快二十年了。"

"是。"

"我自以为了解他。"

"是。"

田皑皑苦笑:"我和林五六,早就应该有个了断了。但有些事情,是没有道理可讲的。我越是想离开,就越是离开不了。你会奇怪吧,奇怪我为什么要跟着他,会吗?"

"不至于。"邱莘已经喝完了冰拿铁,轻轻放下空杯子,看着田皑皑。

"今天杀妻案终审,我去旁听了。你说,我到底和被告席上的他们有何区别呢?"

"懂你的意思。林太太这些年身体每况愈下,你是铁定脱不了干系的。虽然,她还不知道你就是林五六外面的女人。我也没资格说你,咱们不提这些了吧。"

"是秘密,就有被揭露的那天,如你 MSN 的个性签名所写。"

"有的秘密,会随着故事的提早收尾而消逝的。"

"你是说……"

"我知道你刚才想和我说什么,关于余一得。我和他,是时候结束了。"

"因为什么?"

"你知道的。"

"我怎会知道?"

"那个叫上官之桃的女人。你本想和我说说她的,对吗?"

5

那个叫上官之桃的女人,此刻,正沉浸在一种很特别的情绪里。

她是唯一支持抹茶生下孩子的人,正在忙不迭地为将要出生的婴儿缝制小衣服,就好像怀孕的是她自己。

我们也终于在《A城画报》的封面上看到了她的身影,一个手拿剪刀却不知道要剪碎什么的年轻姑娘。漂亮是自然的,还有些别的,说不出来的风情。

路鸣翻着杂志,不经意间流露出焦虑的神情:"这样不好,之桃不应该抛头露面。"

恰恰相反,我们的上官小姐显然非常适应这样的抛头露面,她从不隐藏自己的春风得意。

年轻美丽的服装设计师,封面照片配上个人专访,上官之桃给A城的冬天带来一些火热气息。去她工作室的人络绎不绝,有摄影师、广告商、服装公司老板……还有余一得。

上官之桃看着余一得,眉毛挑得很高,手里拿着一支画笔。

他走过去,她环抱住他,径直走向卧室,顺手带上房门。他们完全忘记抹茶也在这所房子里,她端着一杯牛奶,喝得悠然自得。她对我说,这是她所预料到的,余一得和上官之桃必然会发生的一切。于是,她理了理头发,穿了外套,决定下楼去散步,这样做对胎儿好。

上官之桃,这个几近完美的情人,她柔滑的肩头裸露在空气里,提了裙摆坐到窗台。是很多男人想象中的他们的女人,而余一得知道,这样的女人,并不会专属于任何一个男人。

他把头靠在她腿上,她问:"那么,你是喜欢我什么呢?"

他不作答,搂紧她的腰,将她抱下窗台:"宝贝,你怎么那么轻?"

她呢喃了一声,依偎在他胸口:"我听到你的心跳了,砰砰……砰砰砰……欢快雀跃的鼓点,急不可耐的鼓点……"

"看着我。"

"不。"

"之桃,看着我。"

她抬眼,他的亲吻雨点般落下,间或有急切的要求:"我要你。"

她轻轻推开他:"你不是喜欢慢慢来吗?"

他们相拥着,在床边坐下。

"余一得,我们私奔吧。"她笑看着他,这样说。

"如果我年轻五岁,"他说,"我们可以去一个陌生的小城镇,你继续做你的衣服,我继续写我的文章,要是,我还写得出来。"

"我们生个孩子。"

"像你一样聪明漂亮?"

"不,是像你一样聪明,像我一样漂亮。"

然后,她握紧他的手,继续说着:"不过是个梦,对吧?"

"人生,你仔细想想,什么都是梦。有,总比没有强。"

"我在哪里?我是说,我在你心里的什么位置?"

"一个小角落里,不想被任何人察觉,甚至不想被我自己察觉的一个小角落里。之桃,爱你,是需要勇气的。因为你是一个凡事都过于用力的女人,太用力,我会怕。"

余一得在《洪荒时代的病人》里这样写:爱情不是任何高尚的道德和华美的辞藻能定义的。

上官之桃在日志里这样写:让我自由去爱,自由被爱。

他们是不被束缚的,爱情本身同样不能束缚他们。

故事说到这里,我有些疲倦。试图去了解真正的余一得和上官之桃非常困难,他们过于另类。所以,他们可以对话、沟通,他们这样相似。尽管相差十三岁,可是,他们气息相通。

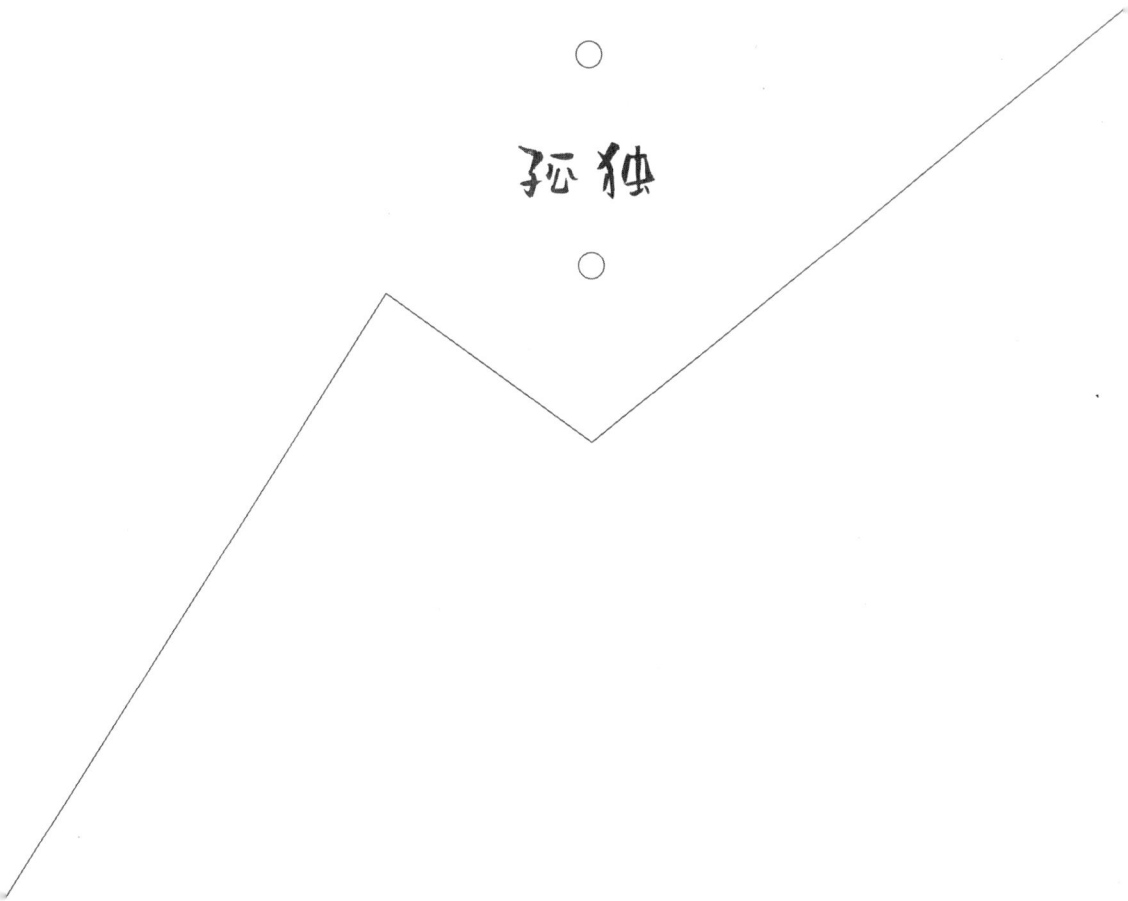

第八章

孤独

1

上官之桃生于一九八三年十二月二十二日,冬至。

那时,她的家乡 L 城正浸泡在绵延的雨里。穿着墨绿色胶鞋的上官梅行走在湿漉漉的巷子里。她恨死了这没完没了的雨,又潮湿又黏腻。骑着自行车的苏延年从后面追来:"等等我!"

上官梅一刻也等不及,觉得孩子马上就要蹦出来了,像一颗迫不及待蹦出荚子的豌豆。她扶着墙,回过头去:"不要你管!"

苏延年没法不管,他强行给上官梅穿上雨衣,把她按在后座:"坐稳了! 马上去医院!"

上官之桃问上官梅:"然后呢?"

"然后,你就出生了。"

"就这样?"

"就这样。"

"像小豌豆那样蹦出来?"

"嗯。"上官梅靠在沙发上,在拆一件旧毛衣。既然是故事,就可以有无数种讲述方式,她选了最言简意赅的那种。她以前只是奇怪,年幼的上官之桃不厌其烦地听着这个故事,却从不过问关于苏延年的一切。

小豌豆上官之桃意识到"只剩下自己"时,应该是在八岁。

没有早一点,没有晚一点,这事情就发生在八岁。

八岁这年,上官之桃失去了苏延年。

苏延年是她的父亲。当然,他没有死,他还活着,在一个遥远的她未知的地方。只是"失去"了,杳无音讯的样子。"失去"父亲,让上官之桃为难。她笃定,苏延年在和她赌气,他在玩一个居心叵测的躲猫猫的游戏。

或者,他打算身体力行告诉她,人世到底有多薄凉。

她不怕。怕没用。

每个人都要失去至亲,她不过是比别人早了一点。

曲昂说:"你真是个没心没肺的孩子。"

上官之桃默不作声,在尖尖的指甲上涂橙红色的指甲油。

"如果有一天,你'失去'我了,大概也不会寻找我吧?"曲昂问。

"看情况,"她这么说着,伸出十个手指,对着电扇吹,"会不会太艳了?"

"艳,且俗。"

"嗯,我喜欢。"

曲昂是上官之桃大学时代的男朋友,也是他的学长,每个女孩在大学时代都应该有这样一个男朋友,或帅气,或体贴,或有趣,或独特。他们恋爱后,在学校附近租了一间小小的民房,顶楼,十五平方米,窗棂上挂了一只海贝做的风铃。只是,上官之桃想,海贝离开海,就不应该再是"海贝"。就好像苏延年离开后,她便不再姓"苏"。

十九岁的上官之桃,初入大学。她脸上没有大一新生的好奇与稚嫩,反有刻意伴装的沉稳。这不同寻常的沉稳引起了曲昂的注意,他觉得学服装设计的女生个个飞扬跋扈,上官之桃的飞扬跋扈则到了某种不屑与别人较真的境界。她坐在那里,事不关己,但每件事情,她都可以做到最好。她穿着自己设计并亲手缝制的琥珀色真丝长裙出现在他面前,那样简洁的款式,浑然一体的圆满,与她的肤色和气质融为一体。

大一那年的圣诞晚会,上官之桃第一次听到表演系学长曲昂的歌声。他不同于其他单薄的男生,从外形到嗓音都充满了流浪歌手的气质,她天生喜欢与众不同的东西。

演出结束之后,他走到她面前,黑色皮衣泛着冷漠的光泽,皮草混合着香水与烟草的浓重气息并未让她感到不安——她知道他迟早要来找她的。与她相比,他显得很壮硕,牛仔裤包裹着颀长的腿,浑身散发着"兽"的味道。眼眉间的距离很短,让他玩世不恭的神情里多了几分温存。

他说:"我们应该恋爱了。"

"我不懂恋爱。"

"我教你。"他横抱起她,穿过校园,高调展示了他们的爱情。

不过,三年后,他以同样高调的姿态离开了她。

她知道每个人早早晚晚都是孤独的,从来,她就只有自己。这个道理,她八岁时就懂。只是,在二十二岁时,又被强化了一次。

2

余一得的孤独和上官之桃的不一样。

三十七岁那年,他独自开车入藏,用了整整二十天。二十天里,一路上各种风景,当然,也有各种邂逅。小旅店,邂逅来敲门的流莺;国道上,邂逅来搭车的姑娘;酒吧里,邂逅来搭讪的女孩。他唯一缺少的,就是一个旅伴,精神和肉体都契合的旅伴——这点,他从不奢望。有时候,两个人走比一个人走更孤独。

入藏之前,余太太告诉他:"我要带女儿离开。"

这并不突然,是他早就预料到的。走到这步田地,已经不能够用成败来衡量了,更不必去计较谁输谁赢。

余太太一早就清楚作家余一得不过就是一个家外风风光光,在家邋里邋遢的男人,直到有一天,她发现他即便在家外也不再风光,她开始对他失望,她常常指着他的鼻子,说着她自己都觉得丢脸的话:"你还能做什么? 你这个一无是处的男人!"

这个一无是处的男人从不辩解,他下楼,开车,离开,留她继续歇斯底里。

她觉得他应该争取那个执行副主编的位置，从才学上说，他比张克远高出太多。但他不会做人，她这样给他下定论。《大江》改版成《Ａ城画报》之初，他曾到某领导的办公室拍过桌子。只是不轻不重地拍一下桌子，却将他自己拍进了黑名单。如果不是她从中斡旋，恐怕他连副主编都混不上。而他，并不感激。本来，还有个机会。《Ａ城画报》改制后，曾让余一得主管广告业务，还有些人脉关系的他，应该是适合的，但他拒绝了。

他说："就让我这样混吃等死吧。"

余一得已经死了，在余太太心里。她喜欢网络上流传的那句有些感伤又实在揶揄的话：心里有座坟，葬着未亡人。她的婚姻，她的丈夫，都在这坟墓里，永世不得超生。但她，还不想死。旷日持久的冷战之后，她决定舍弃婚姻的躯壳，远走高飞。果然，后来，他们和平分手了，这婚离得悄无声息。

那次，他们像一对从来恩爱、从来相携、从来美满的夫妻，宴请了朋友，宣布他们的女儿即将出国念书，而余太太则决定陪读。当然可以被理解，也是被支持的。那晚，余一得醉了，夜半醒来，看到正在收拾行李的余太太，她默不作声，继续当他是空气。他喝了口水，说要赶到杂志社加班，十五分钟后，他出现在邱莘的单身公寓。

邱莘是余一得的女人。至少，在小范围内，某个他可以信任的交际圈子里，可以这么说——嗯，邱莘是我的女人。其实他从没这么说过，但他的密友们也都不是笨蛋。

这次，他们不知为何吵了一架，邱莘和余一得。这应该是他们第一次吵架，当然，也是余一得第一次"空手而归"。他有些后悔了，在狠狠带上房门之后。

邱莘已经洗好澡，洒过香水，换上了性感睡衣。她总是精心准备，在他到访的每一个时刻。如果没有吵架，此刻他应该是趴在她身上，勇猛冲刺,然后一泻千里——也有可能是她在上面,她总是花样百出。

已过三十岁的邱莘,并不年轻。解开衣服,原本的凹凸有致就会略有些松垮,但不是太厉害,是余一得能够接受的程度。他本身怕老,老,意味着很多。对他来讲,不仅仅是逐渐缓慢的新陈代谢。他这样的年纪,虽不至于江郎才尽,却注定了他这辈子已经没有顶峰。有些事情,真的要相信宿命。他给不了余太太更多,也给不了邱莘更多,因为他老了。

这个和太太冷战、和情人吵了架的老男人,立在街边路灯下抽了一支烟。

这路上,只有他。

3

在曲昂抽完第五支烟后,上官之桃扔掉烟灰缸:"别抽了,你走吧。"

每个人都有选择的自由,她懂。有些诱惑是无法拒绝的,这个前途光明的未来男模,他配得上这些诱惑。那个开红色跑车的女人在楼下等他,车窗紧闭,没人看过她的模样,这并不重要。

二十二岁的上官之桃失恋了。失恋后的她一度设计不出任何一件令自己满意的衣服,这让她惶恐不安。她仍然蜗居在她和曲昂共同租住的房子里,他走之前,替她支付了全年的房租。钱不多,他付了,大抵是图个安心,她欣然接受。她默默收拾着他遗留下的衣物,打包,丢弃。海贝风铃还在,还有一个巴掌大小的桃形相框——周边镶嵌的水钻依然璀璨,但她和他的合影已经取出,烧毁。一晚夜半起风,海贝风铃扰得她难以入睡,她终于解下它,狠狠扔进垃圾桶。从此,再找不到他的痕迹,就好像他从未出现在她的生活里,哪怕只是路过。

她想,情感大概只是锦上添花之物,指望它能雪中送炭的人未免太傻了。当然,她相信爱情,她还是相信爱情。这种固执的信仰,贯穿着她之后的生命。她决定约会,和那些追求着她而她也不觉得十分厌烦的男生。吃过晚饭,看过电影,他们往往要求送她回家,她没有拒绝,却只肯让他们送至楼下。唯有一次在酒吧遇到的健身教练,他咄咄地靠近她,像当年同样咄咄的曲昂。她知道他要什么,想必那也是她要的。她喜欢这种头脑简单、四肢发达的男子,只为满足情欲。毕竟,这很安全、省事,也很直接、爽快。

他没有甜言蜜语,也没有百转千回,只是说:"要么去我家,要么去你家,你选。"

自此,她释然了,学着像大多男人那样对待爱欲,那就是分开爱与欲。

曲昂毕业那年,上官之桃继续着大三学业,这时候田晓光开始接近她。他是她的同班同学,他们皆是老师最器重的学生,才华横溢且外表出众。老师常说,如果可以,这真是一对金童玉女,可惜。听老师的语气,"可惜"后面并不带着留有余地的省略号,而是堵尽了后路的句号。田晓光曾征求过老师的意见,这位女教授只是笑了笑。

有两日上官之桃请了病假,田晓光买了水果不请自来,叩响了她出租屋的房门。她穿着那条琥珀色长裙,微笑着开门,看起来并不意外。田晓光吸着烟,默不作声。三年前的上官之桃比这丰满些,那种圆润是他所喜欢的。同样一条裙子,以前是她在穿它,现在是它在穿她。不再服帖,显得她消瘦出奇。他不知这个女人受了怎样的磨难,因他自己也倍感磨难重重——在她和曲昂恋爱的时候。她靠在床头,烟灰就弹在地板上。手指微微颤抖,夹着的烟随时会掉。

他捏住那只手,将她拥入怀里,说:"我想了很久,觉得,我们可以在一起。"

"你觉得?"她挣脱了他的怀抱。

"你看,我们很合适。"

116

"仅仅是因为合适?"

"这样还不够?"

她直视着他:"老师告诉我,说你在为我们申请保研的机会。但是,对我来说,'合适'不是爱,况且我也不想继续深造。晓光,谢谢你的水果和拥抱。"

"曲昂竟伤你这么深。"

"倒也不是,除了我们自己,没人能伤到我们的。人的内心,其实都够强大。"

毕业晚会时,田晓光身边多了一个清秀端正的小学妹,上官之桃微笑着和他们打招呼。老师附在她耳边说:"我要是你,也不会选他。太周正的,反而就是残缺。晓光事事妥帖,是个好男人,却未必是个好恋人。我只想问,若你不喜欢读研,可曾想过留校?"

"我妈想让我回去,大概,我以后都会在她身边,除非是为了……"

"爱情?"

"嗯,爱情。"

4

婚姻本就是一笔糊涂账。这是余太太和余一得离婚前,常对田皑皑说的话,她还捎带了一句温馨提示,能不结婚就别结婚。

唯一知道余家夫妇真实婚姻状况的,大概也只有田皑皑。余太太觉得不用避讳她,了解余一得的女人或许只有她们两个。

余太太甚至会说:"如果嫁给老余的是你,我也不必受这份罪。"

田皑皑只是笑,有个真相她永远不会告诉任何人——当年她是在余一得快要提出分手时选择离开他的。她那么骄傲,必须先走。后来,她试过和张克远相处,未果。

余一得站在生活以外看生活,张克远窝在生活里面过生活。这的确是两个截然不同的男人,而那时候的田皑皑,恐怕连生活是什么都还没弄清楚。单身很多年后,本已无心恋爱,却又遇到林五六。林五六最大的好处并不是他有钱,而是他从没读过她写的任何一篇文章,或许是不屑去读,或许是读不懂。这样的话,他才会把她当作纯粹的女人。反正,她要的从来不是被欣赏被崇拜,而是被疼爱被呵护。

田皑皑手里拿着一册刚刚从印刷厂送来的《A城画报》,封面上的姑娘就是上官之桃无疑。她想,余一得如此认真对待杂志社的工作,倒是很多年没见过了,或许,对他来说,这只是讨好上官之桃的一种方式,就像他很多年前写诗给她。内心里有种隐隐的疼,有些为邱莘打抱不平,更多的大概还是因为她自己。她始终没弄明白当年余一得为什么会有离开她的想法,那些冷淡,实在蹊跷,他还欠她一个解释。

这个时候,余一得和邱莘正站在大江边上。

邱莘笑得很爽朗:"你去戒坡就是为了戒掉我吗?不,你在去之前就已经戒掉我了。听皑皑提起过,最近你和上官之桃来往密切。看来,你又找到值得上瘾的东西了。老余,这是你的本性,我看得太透彻了。"

"戒掉你,不假。我与你之间无果,不假。我喜欢之桃,不假。我不说谎。"

"是我老了吗?"

"是你累了。"

"老余,很久之前你告诉过我,说一个人心里能装的东西太多了,多得无法想象。而你的心,未免太大了一点。"

"我知道你会恨我。"

"不,我恨自己。明明知道你是什么样的人,却又如此无所畏惧。"

"她不一样。"

"谁？那位上官小姐吗？"

"是。她和你们不一样。我原想戒掉一切,却遇到她。"

"我倒是相信你说的这些。你去戒坡的那些日子,我其实也想了很多。断或者不断,是顺其自然的事情。而今已有答案。老余,爱你需要莫大的勇气,这是真的。我不具备。坚强的邱莘只能活在电波中,在现实里,邱莘太软弱。我留不住你,那我必须留住自己。而你,未必能留住上官之桃。她不是你可以掌控的女人,当然,于你来说,这是乐趣。"

"最难掌控的并非他人,而是自己。"

"送我回家吧。只是,我不再邀请你上楼小坐了。"

"邱莘,你相信'现世报'吗？"

"我只知道,你我死后都进不了天堂。"

<h1 style="text-align:center">5</h1>

天堂,我没有见过,只知道打烊后的罗曼史静默如地狱。

如果罗曼史像人一样有感受,那它一定觉得百无聊赖——日日如此,按时开门迎客,按时打烊送客。

这晚,侍应生们都下班了,路鸣并没有要走的意思,他站在落地窗前抽烟。记得周御刚离开我的那段日子,我也常站立在那窗前。路鸣看到些什么,是迷醉的风情街,还是或三五成群或形单影只的红男绿女？

我将壁灯、顶灯全部关掉,只留吧台上的一排射灯,轻微咳嗽了一声,说道:"该下班了。"

他回过头:"李姐,人大概都是孤独的吧。"

"呃?"

路鸣离我很近,我听到他急促的呼吸声。我已无处可退,他看出我的窘迫,却一把抱住了我:"李姐,我明白……你不容易……"

很少有人这样说,说"李陌,你不容易",他们觉得我很容易。的确,坐拥一家咖啡馆,生意好,口碑好,络绎不绝的客源,我似乎只需等着数钱。当路鸣这样说的时候,我柔软的内心被唤醒,鼻子一酸,终于落泪。

他的怀抱很温暖,我们簇拥着走进吧台后面的小房间,曾经属于抹茶的小房间。周御之后,我从未触碰过男人的身体。路鸣的身体并不让我讨厌,我还听到了来自心底最真实的欲望。

我们在彼此的身体上放肆,在黑暗里我以一种傲慢的姿态注视着他,是无声而钝重的武器。他近乎粗暴地脱去我身上的衣服,仔细吻遍我身体的每一部分。我迫切想让他进入我的身体,听见自己轻佻的呼吸声,以及他在释放那一刹那喉咙里发出的寂寞的声响。我们都感到自己身体里的水分正在急剧流逝,像在不久的将来会被彻底抽干,只剩一副干瘪的躯壳。或许,这才是解脱。

是沉沦,还是相互安慰?

当我以一个叙述者的姿态面对这一切时,竟不能言语。之前从未想到和一个男人肌肤相亲是如此简单的事,我是说,起码要有酝酿,至少要先有牵手、拥抱、亲吻。可见,我的确刻板,并且与时代彻底脱节。故事是如何发生的?情节大抵恶俗,我找不出任何高尚之处。

上官之桃曾经对我说,一个有血有肉的女人,大了不必守着这般枯燥的生活。及时行乐,没有过错。这世上本就无对错,任何标准都是人制定的,既然是人制定的,就该由人来打破。这是她的生活方式,而非我的,我可能做不到。

汹涌过后,路鸣抱着我,问:"现在,你还觉得孤独吗?"

我没有回答,慢慢推开他:"罗曼史已经打烊,你该下班了。"

第九章

肃杀

1

冬天总是显得格外漫长。

章吾回来了，回到那个属于他和章太太的家，并送了抹茶城郊那处房子的钥匙过来。他大概是不想和她面对面，实在也无颜去面对面。我十分不情愿做这样一个中间人，我知道那串钥匙意味着什么，他是要彻底与她了断了。

因为见识过余一得循循善诱的能力，我决定把这桩为难的事情交给他办。他和上官之桃相携而来，热恋中的人，总是容光焕发。抹茶说她要去医院做产检，来得稍晚了些。从出租车里钻出来时，她显得小心翼翼，左手撑着腰，微微昂着头，同样容光焕发。她的肚子还不见大，却非要在大衣里套一件宽松柔软的孕妇裙。进门第一句话就是："医生说了，宝宝很健康。"

余一得递过我给抹茶准备的热牛奶："外面挺冷的吧？"

"还好。余老师，听说今天是你约的我，有事？"

"有事。"

"干吗那么严肃？"

他再递过去那串钥匙："章吾回家了。"

她没有伸手去接："回家？"

"他原本的家。"

"你不必难过，很多姑娘在年轻的时候，都会不小心爱上很混蛋的男人。"

"那么快，他就回家了？"

"我不是来当章吾的说客，"余一得弹了弹烟灰："人应当尊重情感，情感是无拘的。但所有类似的悲剧都不过是有的人死守着枯朽的'爱情'不肯放手。学会放手自然是难的,可是,不放手恐怕更难。"

"这就看抹茶要的是什么了,抹茶,你要什么? 你需要章吾给你的是什么?"上官之桃看着抹茶。

"我不知道。"

"抹茶,你要记住,爱与不爱都俱归云烟,这才是爱情的本质。"上官之桃说完,看了余一得一眼。

三年后,我用余一得的这番话去劝慰上官之桃。

已经有些偏执的她拒绝了我的好言相劝,只说:"无论如何,我要去见他。"

我一把拉住她:"不行!"

"你拉不住。这世上没人能改变我。"

"上官之桃!"

"李陌,千万人里我遇到他,一眼看到,再不能忘。你若阻拦,该是多么残忍!"

残忍? 我曾以为自己拥有一场完整的爱情,就像看一幅世间最美的画。然后一切都被切断,只有回忆没有将来。有痛,因为回忆,因为想念,因为不能比翼双飞而产生的痛。是否也可以称之为残忍? 阻拦不了周御自私膨胀的欲望,也阻拦不了抹茶无可奈何的苦恋,更阻拦不了上官之桃飞蛾扑火的决绝。这于我,是否也是一种残忍?

抹茶到底还是接过了那串有些冰冷的钥匙,她说想回去看看。余一得要送,被她婉拒。那晚,我始终放心不下,打了很多电话给她,她没有接。再打,便是关机。路鸣建议我去她家看看,不由分说拿了我的车钥匙,拉了我的手往楼下跑。从罗曼史到停车场,不过百余米,我竟跑得气喘吁吁。而这个拉着我手的男人,他还很年轻。

抹茶不在家。

再见到抹茶,是在大江的堤坝上,她静静地平躺在那里,穿着一条红色的孕妇裙,因为喝进太多江水,肚子终于见大。打捞尸体的船夫伸手向我要钱,我默默打开钱包,默默掏出一沓纸币。

沉默的不只是我,还有余一得和上官之桃。章吾和章太太是后面赶来的,他们更沉默。一片沉默里,我看到章太太的嘴角抽动了一下,像是一丝微笑,一丝短暂的不易被察觉的微笑。

她终是胜了。

2

如果你是 A 城人,你会和我一样想念这里的秋天,金碧辉煌的秋天。

只有两种人不喜欢 A 城的秋天,一种是在那赌船上输尽全副身家,再难翻身的;另一种就是散布在 A 城四面八方清扫落叶的环卫工人。

这些环卫工人往往着一身红衣奔走在城的每个角落,竞相挥舞着红色扫把,作埋头苦干状。

游客们大感惊讶:"红制服倒是不稀奇,怎么连扫把、簸箕、垃圾桶和垃圾车都是红的?"

"喜庆。"导游告诉他们。

导游并不知道真相,其实这是余一得的点子。在一个 A 城文艺界人士的座谈会上,众人讨论如何提升城市文化品位。轮到余一得发言了,有人摇醒趴在桌子上昏昏欲睡的他,他张口就说:"金配红吧,大气高贵且富有现代气息嘛。说俗又不俗,说雅也不雅,基本上就是一次视觉冲击。金黄色的落叶和红色的流动着的环卫工人,相得益彰,共塑盛景。"

"为什么不是中国红?"领导问。

短暂的沉默后,掌声雷动,他们集体通过了领导的提议。领导表示虽然"中国红"是他的点子,但他无意居功,大家这么满意,还是因为余一得的思路好——余一得到底是大作家,余大作家仍然是 A 城之光。

余一得那时候还没有这位服装设计师情人,如果那时候就有,他的思路大概就会换了。因为上官之桃觉得这很可笑,特别是到了冬天,光秃秃的树木、沉寂的大江、懒散的行人,这些东西配上那一抹抹中国红,显得十分突兀。

"除非下雪,"她强调,"下雪的话,这些红倒像梅花怒放。"

可是,A 城已经十年没下雪了。我没亲见过 A 城的雪,是听周御说起的,他是 A 城人。其实当年也只因为他说这里有条大江,很大很大的江,他想带我回家看看。这一留,竟然八年。

这天午后,张克远来了,一个人,还是坐在靠窗的大包厢——尽管罗曼史重新装修过,但我执意保留着这间包厢的原汁原味,让它原封不动——他大概是看出来了,脸上略有笑意,夸我念旧、心细。他突然提到十年前那场雪,他说,那雪很厚,踩下去就没到膝盖,连大江都快被冻住了。他又说,可能是要把接下来几十年的雪都下完,这才十年没下雪。

他说话很少这么不着边际,我也只是附和,心有旁骛的缘故。也许他是来安慰我的,他知道抹茶对我来说意味着什么。我木木的,握着那杯暖手的热可可。湿冷的 A 城的冬天,分外肃杀,即便开了空调,也难以抵御那深入骨髓的冷。

"十年前,我遇到我太太。你是见过她的,很普通的一个女人,只有一点最难得,那就是她懂我。这辈子,遇到一个懂自己的人,可能比遇到一个爱自己的人更难得吧。那时,也是这么冷的冬天,正逢杂志社运作艰难之际,我总是在办公室里熬到深夜,她每晚炖了汤送来。下雪的那个晚上,我从窗口往外看,碰巧她来送汤,见她一步一步朝杂志社走来,没有打伞,雪花就这样落在她的头上、脸上,让她原本平淡无奇的五官也变得生动起来。就那个瞬间,我决定娶她。"

"我还以为你这样四平八稳的男人,事事都要想清楚再做决定,原来,你也有冲动的时候呢。"我说。

"那是我第二次冲动,第一次是因为田皑皑。田皑皑,你也算认识吧?想必你亦听说过我和她的过往。如果没有余一得……"

"你确定你要和我说这些吗?"

"你真的以为往常我带到罗曼史的每一位'朋友',他们就都是我的朋友吗?我的朋友不多,但,你算一位。中午我在一个饭局上多喝了些酒,也不愿去办公室,以免酒后失言,便到了你这里。"

"到我这里,你就不怕失言了?"

"不怕。"

3

"克远,"我叫得很轻,这是我第一次直呼他的名讳,"谢谢你。"

他喉头一动:"以前,我没让你感觉到亲切,是吗?还有,为什么要谢我?"

"倒也不是。因为我仍然在怨周御,难免也要怨他的朋友。现在看来,更多时候,其实你是我的朋友。至于感谢,我想,今天你是来安慰我的,所以,我要谢你。"

"安慰没有用,如果安慰有用,我也不至于花了那么多年才走出来。当初我太太走的时候,谁都来安慰过几句,只有你什么都没说。你比我更明白这点。我们要做的是更实际的事,既然你谢了我,我也应该为你做些更实际的事。抹茶的身后事打点得怎么样了?还有,罗曼史缺了一位股东,总还能维持下去吧?大概这个问题有些多余,这间咖啡馆……恐怕你是不想要了吧?如果你不想要它,今后的路怎么走,可有打算?"

我只是睁大眼看他,他笑:"不必这么惊讶,有些问题,我可以帮你想到前面,以免你走弯路。不过,我希望你能自己想,想个清楚也想个明白。已逝去的,不可再回;活下去的,更要自珍。"

这时,路鸣敲门,说上官之桃来找。

张克远问我:"上官之桃?就是最近和余一得走得很近的女人?"

我点头,反问:"你怎么知道?"

"A城不大的,况且她还上过我们的封面。她是你的朋友?"

"嗯。抹茶的家人前几天到A城了,一是处理她的后事,二是问章吾要个说法。这些,都亏了之桃从旁协助。本来想请余一得帮忙,但他和章吾是哥们,抹茶的家人恐怕会对他有想法。我呢?这些日子只是躲着,一步都不愿踏出去。这时候之桃来找我,大概是有事要和我商量。"

"你去吧,我一个人坐会儿。"

上官之桃就坐在隔壁包厢,神色凝重:"都怪抹茶的哥哥,非要给她做尸检。之前我也是赞同的——看章太太那天在堤坝上笑,我就怀疑是她把抹茶推下大江的。"

"你也看到她在笑了?笑归笑,但她一定做不出那样的事,不至于的,况且当时章吾都已经回家了。"

"心细的不止你一个。"

"尸检结果出来了?"

"出来了,自杀无疑。而且……"

"而且什么?"

"抹茶没有怀孕。"

"什么?"

"你别什么什么的了,说到底,我们的话,也不顶用。怎么问章吾讨说法,是抹茶家人的事,这句可是她哥哥的原话,他叫我不要管了。"

"那他想怎样?难道要章吾的命不成?"

"真的要了章吾的命倒好,他要的却只是钱!要钱也没错,但只是要钱,就让我很不是滋味了。那时章太太可怜兮兮来求你,求你帮她找回老公,求你劝抹茶离开她老公,现在,她腰杆子直了,说抹茶是自杀的,和他们家没直接关系,又说,抹茶是自愿跟着章吾的,没人逼她。她的意思是,看在抹茶和章吾好过一场,即便她假怀孕,他们也多少愿意掏点钱,要呢,就拿着,嫌少呢,也没办法了。"

"这么说,是我害死了抹茶?"我有些站不住了。

上官之桃连忙站起来扶我:"我本不该和你说这些的,都是气的。"

"章太太愿给多少?"

"二十万。"

"抹茶的哥哥答应了?"

"看那情形,是百分之百会答应的。"

"抹茶的命,就值二十万?"

"还要立个字据,从此不再找章家麻烦。她的房子,都已经挂出去卖了。你叫我帮他们,却不知道他们的本事远胜过我呢。"她顿了顿,看着我,"李陌,哪天我要是死了,还不知道是谁在替我料理,会是你吗?"

4

我没有说话,离开包厢,走到吧台边。很多时候,我就是这样,站在这里,安安静静看着我的罗曼史,曾经属于周御和我的罗曼史。

午后的罗曼史聚集着城里的闲散之人,他们总是有大把时间和精力。其实,他们中又有多少人热爱咖啡呢?比如上官之桃,她来这里,绝对不是因为咖啡,甚至和这里的氛围无关;再比如余一得,倒有几分对咖啡的虔诚。

爱喝咖啡的人，往往需要背景，需要有特色的装潢，需要那么温柔一点的音乐，当然还需要人群，需要穿行其间的侍应生。罗曼史对他们来说，是交际的场所，也是休闲的空间。喝酒者更多的是自我表演，而喝咖啡者难免都抱有看客心态。罗曼史里的他们，甚至包括我，也许都是对人生有些看透或偷懒的人。

刘太太来了，穿得素雅，不似往日大红大紫，一上来就拉了我的手："别太难过。我最怕的就是你把罗曼史关了，我们面对面那么多年，要是你这里都改换门庭了，我恐怕也撑不下去了。"

"言重了。"

"别以为我只是在三缺一的时候需要你。"她笑。

"我知道。"

"我常常跟我们家老刘说李陌这些年不容易的，"她塞过来一个信封，"这白包按道理应该是给抹茶的家人，但我们家老刘说，你就是抹茶的家人。收下，我们的一点心意。你要不收，我会不安。抹茶，也算是我们的朋友。"

"她的后事现在全由她家人料理，我会转交的。"

"随你吧，今天我过来，是要你一句话。"

"什么话？"

"想让你告诉我，说你这个店还是会开下去。"

"今天张克远也这么说，担心我就此歇业。其实，我无法想象自己没有罗曼史会怎么样。以前周御走了，它还在；现在抹茶走了，它也应该在。"

"好，我放心了。"她拍拍我的肩膀，"另外，有件事情，我想还是现在告诉你比较好。章太太前阵子不是卖了房子、盘了店面给章吾还债吗？如今抹茶出了事，章太太只好四处借钱，凑了二十万块钱来摆平。我告诉你这个，只想你明白，她也不易的，一家人以后的生计都是个问题。所以，老刘想请章吾到我们店里帮忙,我们的后厨也缺个能正经掌勺的,说是茶楼,也要有几样招牌小菜不是?你不介意吧?"

"也算是两全的事,你缺人手,章吾缺钱。"

"就怕你对章吾有想法。"

"我只恨抹茶不争气。"

"要怪也只能怪命。说到命,有空我陪你去花鼻子那里一趟,看看你最近桃花旺不旺。女人,还是要有个男人做伴的。"

"算卦的,我可不信。"

"他说今年 A 城有大事要发生。"

"这都快年关了,还有什么大事?是地震还是台风?"我笑。

"不是天灾,是人祸。"刘太太的表情很认真,"人祸,有时候比天灾更可怕。"

5

直到抹茶的家人携了她的骨灰返乡,我才真正意识到她走了。

罗曼史为抹茶开了一个小小的追思会,是路鸣提议的,来的都是之前与抹茶相熟的老客。店门口,放了一张用抹茶的照片制作的易拉宝。照片上的她看起来很快乐,穿了上官之桃设计的白色洋装,宽松感十足,掩盖了她看起来因营养不良而过于消瘦的腰臀。一张唇细细涂抹,一对眉毛轻轻描画,就好像是她本人倚在门边,巧笑倩兮,美目盼兮,仍然在渴求章吾的一句赞美、一个拥抱。

就在这天,已经修葺大半的长兴塔垮塌了。老的长兴塔有九层高,本已失修多年,是林五六出资修的这座新塔,据说有十二层。如今只修葺到九层,却轰然倒塌。以前总听周御说,A 城不能没有长兴塔,就好像 A 城不能没有大江一样。在抹茶的追思会上，那些看了电视新闻的 A 城人开始掏出手机打电话，是核实，也像是在奔走相告。有人打完电话后，一脸沉重，说现场已有多人受伤。

余一得也在，他是唯一冷静的。这冷静，与周遭的气氛并不契合，倒像是刻意伪装出的。然后，他接到一个电话，不急不缓地离开。上官之桃要跟了他去，被他拦在门边。他捏了捏她的手，说："我有事。"

到了晚上，就听闻长兴塔的倒塌是人为的，疑犯已经去公安局自首。并不高明的手法，自己配制的炸药，原只想制造个小事故，没承想酿成大祸。疑犯的身份不必等新闻，据说他原是个赌徒，赌到无路可退时，借了高利贷，更是无法回头了。一说是他在报复社会，还有一说是他在报复林五六。后者显然更可信，A 城有些虽没言说却人人皆能意会的秘密，比如，最大的赌船是林五六的，除此，他还放着高利贷。这些，在罗曼史里已经传得沸沸扬扬，拉个倒茶水的服务生问问便知。

此时，余一得正在一艘游船上，有个女人从船舱里走出来，只拿眼睛看他。她穿着宝蓝色风衣，齐腰的长发扎着红丝巾在风里荡来荡去，手里拿着一杯红酒。她笑，露出两排牙齿，和她的皮肤一样惨白。

"移舟泊烟渚，日暮客愁新。野旷天低树，江清月近人……"她说，"那年，你在这江边给我念过，还记得吗？"

"皑皑，你今天约我，不只是念诗给我听的吧？"

"约你的不是我，是老林。"田皑皑说。

余一得准备进船舱，被田皑皑拉住："等等，他在里面和人谈事。"

"是长兴塔的事吧？叫我来，也是为这事？"

"是。"

"既然是他找我，为什么要差遣你给我打电话？"

"可能他觉得你我的交情更深些吧。"

"你要这样说，还算合理。怎么了，是长兴塔的事。这种事，我可帮不上忙。"

"你先别急着推,既然找你帮忙,就一定是你能做到的事情。"

"看你这么淡定,还有心情念诗,应该不会太严重。"

"上午,长兴塔被炸。下午,就有人送了材料给上头。"

"材料?"

"关于老林的,十条里怕有九条都是死罪。"

"他的事情,怕是你我都未必了解,谁能知道那么多?"

"从长兴塔被炸垮出人命到递交匿名材料,也不过两个小时,可见,这两者是有关联的。最要命的还不是这些,而是上午新到任的市长原本是要去长兴塔视察工作的,临时有事,这才改了时间。侥幸他没有出事,但,这事只怕他是要追究到底的。又听说这次省里派他下来,就是想让他帮A城清除积年的诟病,A城的诟病是什么,你比我还清楚。万一市长真的出了事,老林能幸免? 能捉住这样的天时地利人和,光有脑子还不行,还要足够了解林五六。"

"你是说这两件事出自同一个人或者同一伙人?"

"如今看来,她以往都是在装疯。"

"你说的是'她'?"

"还有谁。"

"没看出来,你还是一个临危不惧的人。"

"狂澜即倒,大厦将倾,无力去挽也难以再扶,除了面对,我还能做什么? 路,不是我自己选的吗? 或许,这也是我应得的。那材料里,有一份就是关于我的,我和林五六的。"

6

腊八节,A城竟然下雪了,不大,却也积了一层。

上官之桃邀了路鸣到罗曼史楼下打雪仗,我在窗口看。她的桃红色大衣分外显眼,戴了一顶黑色绒线帽,遮住半张脸——只是,即便遮住这半张脸,也抵挡不了她年轻的光彩,路过的异性都忍不住再三回头看她。路鸣发现了立在窗口的我,冲我笑了笑。

我和路鸣,偶尔会在罗曼史过夜,在抹茶之前住过的小房间。我安慰自己,这不过是冬天的相互取暖。有一日,他会遇到一个心仪的姑娘,然后,离去。这是我能想象的我们之间最好的结局。

"陌陌。"一个熟悉的声音。我扭头,竟是张克远。

他拎着一个保温袋:"我妈煮了腊八粥送来,我想,也许你也愿意喝一碗,就顺道过来了。"

我忙不迭去拿餐具,他给我盛了满满一碗粥:"只加了少许的糖,到了我这个年纪,什么都得清淡了。不过,你倒是可以再加一点的。"

两个人对坐着,喝着粥,一时竟不知该说什么。少顷,张克远打破沉默:"最近,城里发生了很多事,想必你也听说了。"

"是。"

"十年前,也是下雪,我和余一得大吵过一次,因为杂志社改版的事。今天,我们又大吵了一次,因为林五六的事。老余这个人,我以前很少跟你提,一提起来,难免要追溯到陈年旧事。"

"我很愿意当个好听众。"

"上面有指示,对长兴塔和林五六要有一些批判性的报道,给市民一个正确的舆论引导。A城的赌船要整治,这是趋势,也是铁定的。老余居然直接跑去排版室撤稿子,这是极不识时务的表现。其实,我也是林五六的故交。但我很清楚,我们不报道,也有其他媒体会报道,这根本没意义。他便和我拍桌子,又说我不该开除田皑皑。开除田皑皑,也是上面的意思。何况我已经为皑皑在省城一家杂志社找了个编辑的职位,他们也愿意接收她,只要她愿意去。老余倒好,又责怪我不让林氤氲继续实习,她是林五六的女儿,如今林五六身陷囹圄,正是风口浪尖上,我答应了,上头也不会答应的。墙倒众人推,我们没在推,但那些在我们后面的人,他们在动,我们便不得不动。这些,他偏偏不明白。"

"我倒听之桃提起过,是余一得最近情绪有些差,想必就是因为这些吧。"

"上面有意升调我,我也推荐余一得接任我现在的位置。这节骨眼上,可不能出差错。说到底,其他都好商量,他还是因为杂志社开除皑皑的事情。其实也没那么难听,是解聘,我一再跟他解释过。好像只有他关心皑皑,我就不关心了似的。再怎么说,我和皑皑那么多年的同学、朋友,我也不可能坐视不管的。"

"昨晚我在刘太太那里打麻将,说这事都没影响到林五六的太太,怎么会影响了田皑皑呢?"

"有句话本不应该是从我口中说出的,只是和你说说倒也无妨。这林太太,岂是一般女人?全城都以为她疯了,数她最聪明。林五六没出事前,看不出来林太太的能力。如今他一出事,林太太上下打点、走动,各方面调停,姿态又放得低,积极配合上面调查。再者,林五六干的那些事的确和她并无瓜葛。只是,皑皑,就难说了。"

"难道林五六干的事情和田皑皑有关?"

张克远点了点头:"所以,我说皑皑糊涂。别的都不说,他们两个的关系也不必提,只说林五六送过一艘赌船给她,她曾给林五六写过大量正面的宣传报道,这两件事就够她受的了。"

他看了一眼窗外，继续说道："陌陌，等升调的事情落实后，我想出去走走。"

"能出去走走，挺好的。"

"如果你有时间的话，可以一起去吗？"

我知道这意味着什么，尽管有点突然。永远稳妥的张克远，A城的黄金单身汉，正要高升的成功男人，一直在身边、从来都呵护着我的朋友，他给了我一个暗示，暗示我走进他的生活，融入他的生活。虽不确定我真正要的是什么，但，这绝对不是我想要的。

我看着张克远，轻声说着："可能，不太方便。"

不需要再多的话，只这句就足够，他是明白人。

他保持着固有的姿态，微笑着："其实，你是要试着去相信的。生活也好，情感也好。"

我应该相信什么？我能够相信的只是我拥有的这间咖啡馆，它是能够容纳我的唯一所在。如果还年轻，倒是容易轻信。轻信的是感觉，一种似乎现在我在任何男人身上都找不到的感觉。如果可以"轻信"倒好了，我已经丧失了这种能力。当然，这样会孤独，而人生有大部分时间不都在和孤独抗争吗？

孤独和生活、爱情都无关。当上官之桃说起她和余一得的琐碎，带着甜蜜的气息，也似乎在炫耀着她的胜利——这个时候，她是孤独的。她以为我不知道。我凝视着她的眼睛，她和余一得一样，有着深褐色的瞳，透明得像易碎的玻璃球——眼神里潜藏着莫大的悲哀。情深不寿，慧极必伤。她以为能够看清，以为能够洞悉所有，而这些无疑是悲哀的源头。

欲言又止的疼痛，欲盖弥彰的愁苦，还有竭力伴装的现世安稳。

或许，我们每个人都将继续着彼此的路途，孤零无依。

136

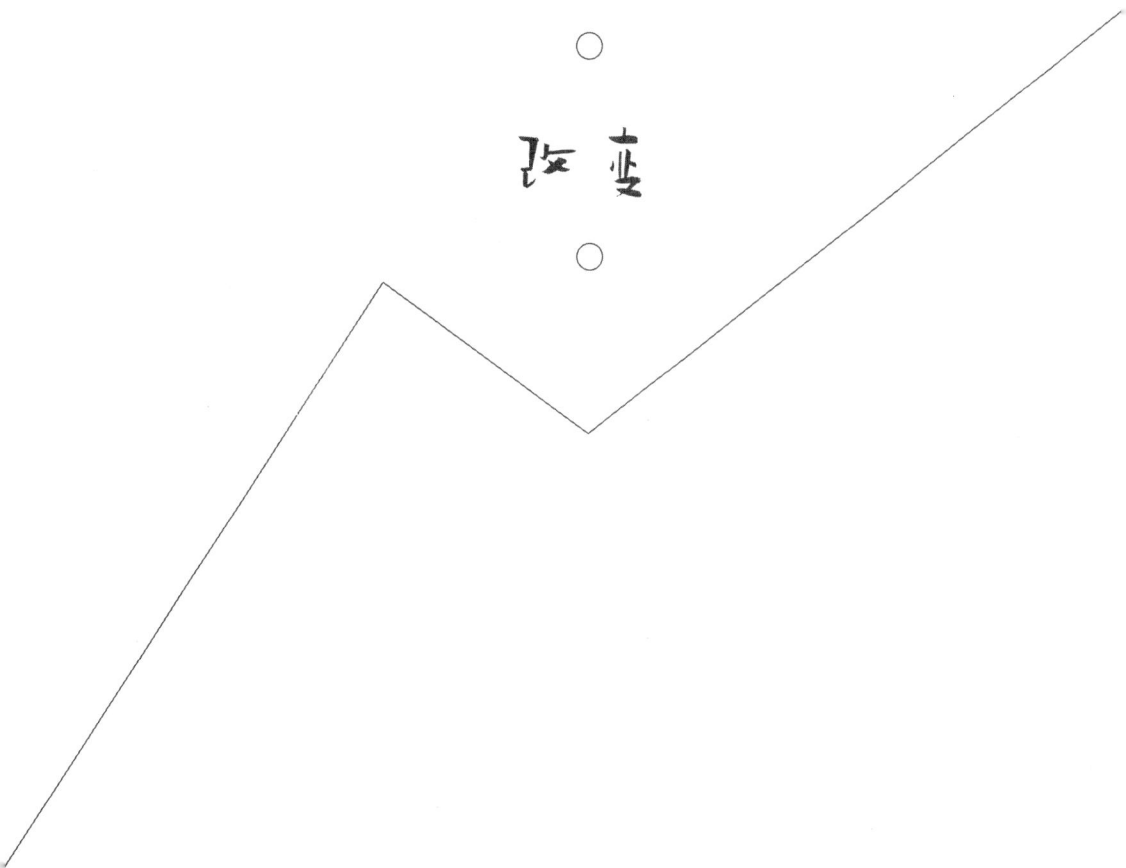

第十章

改变

第十章〇红尘

1

没有想到，新年第一个见到的人会是邱莘。

她穿着黑色羽绒服，戴了一顶同色绒线帽，没有一点喜迎新年的意思。走进罗曼史，和我打了个照面，笑起来："你竟然也是一身黑，李陌。"

邱莘随便选了个位置，脱掉羽绒服，里面是一条简单的灰色针织连衣裙，她还是笑："人家都说上了年纪的女人要穿艳一点，你瞧，我们偏不！李陌，未经你同意，就把你列入老女人的行列，你不会生气吧？"

"当然不会。我只奇怪，大年初一，你怎么会跑来咖啡馆？"

"我也奇怪，大年初一，你怎么会开门营业？"

其实，我并没打算开门营业，路鸣和几个服务生皆回家过春节了。除夕夜，我在刘太太那里打了个通宵麻将，上午回的罗曼史，就近在小隔间里补了个觉。没想到中午一打开罗曼史的门，邱莘就来了。

"想喝点什么？"我问。

"我看服务生都不在，就不麻烦你了。"

"不会。我调的咖啡怕是不能入口，但是可以给你泡杯热茶。"

"你干脆就泡上一整壶，我们坐下来随便聊聊？"

"那可不行。"

"怎么？"

"既然你要和我坐坐，又是大年初一，不如我打电话给对面全年无休的刘记茶楼，叫点小菜，大概你也没吃中饭吧？"

"说到菜，就得有酒。"

"这个容易，罗曼史就有现成的。"

刘太太贴心，半个小时后，就差服务生送来了泡椒凤爪、酱肘子、素炒

139

西芹、蒸饺和一锅热气腾腾的鱼头豆腐汤。自从章吾替刘记掌勺后,菜肴倒真是美味了不少。在刘记打麻将时,常会吃到他做的各色小菜,只是很少打照面。他在后厨忙碌,几乎不出来,偶尔遇到,也只是快速点个头,避免彼此更尴尬。大概,连这个"点头"都是可以忽略不计的。

一瓶红酒下去,我们都有些微醺了。也是因为酒的缘故,邱莘的脸上飘有两片飞红,多了几分妩媚,这是我第一次认真打量她。

"李陌,A城的这个春节很冷清,比以往的都冷清,你有没有发现? 有人说,是长兴塔塌了的缘故,我看不是。冷清,是这里的缘故……"她指指自己的胸口,"心里。"

"昨天晚上,我一个人,沿着大江边走啊走,"见我不回话,她继续说着,"就这样走着,都不知该去哪里。"

"你应该学我,培养一点兴趣爱好。比如麻将,再比如桌游。"

"桌游?"

"最近我迷上了一款叫《宿命》的桌游。在这个游戏里,扮演英雄的玩家都拥有一个隐藏的身份,比如天灾、近卫和中立,天灾以消灭近卫为宿命,近卫以消灭天灾为宿命,而中立则需要达成自己特有的宿命。玩家都知晓自己下家的身份,用行动迷惑下家,同时也需要不断推理其他玩家的身份。真真假假,虚虚实实,一切都在等待破解。"

"听起来好复杂,人生也不过如此了。"

"可不是吗? 就像打麻将,你要靠机会摸到想要的牌,要担心是否会打错牌,更要猜测人家要的是什么牌。"

"我猜你总是输。"

"倒是猜对了,怎么?"

"你坐在那里打麻将,心思未必会在牌上,不过是消磨时光。你和我,我们都有太多时光需要消磨。去年春节,我还有个田皑皑,我和她一起到云南过年,这一路,去了泸沽湖、丽江、大理、香格里拉、怒江、腾冲、瑞丽、石林,看过各种风景,体悟各种人情。对我和她来说,旅行的全部意义也只不过是消磨时光。只是这个春节,她连消磨时光的心情也没有了。她的事情,想来你也都知道。你呢,去年春节是怎么过的?"

"和抹茶一起,她约了一些朋友到罗曼史看春晚,我呢,就坐在一边'看'他们看春晚。抹茶的事情,想来你也都知道。"

"原以为上官之桃会陪你过年,但细想之下,她应该也没有时间陪你过年……"邱莘笑,"她和余一得在一起,是吧?这些,我都知道。我和老余在一起那么多年,他从来不曾约我一起过春节。之前是因为他没有离婚,等他离婚了,约的却是上官之桃。"

"感情的事,谁也说不清。"

"你不必安慰我。新欢就是新欢,旧爱也只能是旧爱。"

"邱莘,我们还是喝酒吧。"

"好,喝酒。"

2

上官之桃再年轻一些的时候,曾经做过一个梦。那梦里,她到过天山。所以当余一得为他们安排新年旅行时,她的提议就是去新疆。她幻想着天山天池、火洲吐鲁番、塞外江南伊犁……可以的话,她甚至想走一趟丝绸之路。余一得也喜欢新疆,不为别的,只为那句"西出阳关无故人"。

对上官之桃来说,这本来是非常美好的新年旅行,如果林氤氲没有同行的话。但余一得答应过林五六,会帮他照顾林氤氲。这位失了势的"富二代",搬离了别墅,没有了豪车,她的父亲身陷囹圄,母亲则忙于收拾残局,确实也值得同情。上官之桃并不反感林氤氲,甚至送了一条亲手制作的裙子给她。她看了一眼,放到一边,不是名牌她是不穿的,即便,她这辈子可能再也买不起名牌了。

上官之桃当然知道林氚氚对余一得有些别的复杂的想法,或者余一得也是知道的。但是上官之桃并不以为林氚氚会成为自己的对手,无论从哪个方面来看,林氚氚都绝对不可能成为余一得的恋人,她只能是他故交的女儿,或者,他的学生。入住酒店时,当余一得安排上官之桃和林氚氚住一个房间时,上官之桃心平气和地接受了。但她总是趁林氚氚熟睡后,偷溜到余一得的房间。

林氚氚其实是在装睡,她知道上官之桃和余一得的关系非同寻常。大概,这趟旅行结束之后,他们的恋情就会公之于众。家中发生的变故,让她明白长大有时候就只是一夜之间的事情。她原想和上官之桃相较一番,用她往常的方式,使些小性子,或奚落或嘲讽,总能够让上官之桃感受到难堪的,但这些都显得太小孩子气了。她的父亲把她托付给余一得,就是因为她的孩子气让父亲不放心。余一得是不可能和一个孩子谈恋爱的,就为这个,她也应该暂时忍耐,学着像个成年女人一样处理问题。《A城画报》实习生的位置保不住了,而再有一个学期,她就要大学毕业,届时余一得打算安排她到一家广告公司上班,她同意了。她想,也许自己听从的不仅仅是余一得的安排,也在听从命运的安排。她要做的,只是比平时多百倍的耐心。

这个季节到新疆,能够看到的风景实在有限。所幸他们这一路走得散漫,似乎每个人都不赶时间,倒是感受到了许多风土人情。除了春节应有的假期,余一得还另外申请了年假。当下请年假并不理智,因为张克远即将高升,余一得可能有机会接替他的位置,但余一得想用某种方式彻底放弃这个机会。

从戒坡回来后,确切地说,是在离婚后,余一得一直在想一个问题:是否应该维持现有的生存状态?这个年过完,余一得就四十岁了。据说,人活到一定年纪,就不再需要辩解。"吾庐奥且曲,退缩如晴蜗",但他没有这样的修为。他的处世哲学是用来糊弄人,同时麻醉自己的。岁月给予的盔甲,坚不可摧,他自然无法永葆天真。

他带着上官之桃和林氤氲去乌市的红山公园看冰雕展,要不是她们坚持要看,他是不会去的。冰雕固然极美,这美却不易保存。这让本来就敏感的他多了一些没来由的感伤,这个年纪不该再有的感伤。从冰雕展回来后,他像二十几岁那样,买了一瓶烈酒和一包花生米,窝在酒店的房间里,任由酒精迷醉神经。中间有人来敲门,他知道是上官之桃。

他没有开门,给她发了条短信:有些事情,我需要好好想想,让我静一静。

她总是比他想象的还要懂他,她回复:晚安,我会一直在你身边,以后也会。

3

田皑皑本来不必独自过春节的,邱莘曾约她去旅行,像往年一样,但被田皑皑婉拒了。单从春节来说,有没有林五六,对她而言,其实并无区别。每个春节,林五六就只属于林太太。春节过后,林五六会想办法弥补田皑皑,一次出国旅行,一个名牌包……还有一次,是一艘赌船。物质的好处,是她跟了林五六后才体悟到的,累积的怨气可以因为一次疯狂购物而消失殆尽。

先是林五六被羁押,接着是她被《A城画报》解聘。张克远和余一得极力保她,她不是不知,但她更明白他们能力有限。虽然张克远给她在省城一家杂志社找了个编辑的工作,但她并不想离开A城。

从另一方面来说,《A城画报》是她供职了十几年的一个平台,离了这个平台,在 A 城,她也就一无所有。《财富》杂志总编约翰·休伊曾说,全球五百强的 CEO 很多是他的好朋友,但是只要他一离开《财富》,他们会立即扔掉他的电话号码。何况是她这样并没太多上进心的小记者,人走茶凉,墙倒众人推,这样的事情,她见得太多了。她想自己会有一个漫长的假期,远比春节假期要长,长得让她看不到头。

在这个漫长的假期里,田皑皑总是深居简出。遭遇过一次具有杀伤力的重感冒时,她也只是悄无声息找间小诊所,静等医生开了药方。她竭尽全力卷起厚毛衣紧实的袖子,露出小半截手腕,医生用皮管在上面打了个俏皮的蝴蝶结,然后伸出大手意欲拍出清晰的血管,久拍无效,便加大了力度,疼得她直嚷嚷。

挂吊瓶最可怕的不是细针穿刺筋脉的瞬间,而是等待液体滴尽的漫长。抗生素顺着输液管流进她的身体,并没有舒服一些。诊所里的暖气有点憋闷,她原本惨白的脸涨到通红,掏出小圆镜来看,眼皮是肿的,嘴唇是干的。

田皑皑捂着乌青的手背,自诊所出来,街巷并不冷清。夜路上,长灯下,有个女人立在那里,影子细瘦,像是在等谁。

待她走近,那女人转过头来,看着她:“田皑皑,新年快乐。”

是林太太无疑了,田皑皑并不惊讶。

林太太继续说:“你看,这个春节,我也是一个人。”

这晚,林太太带田皑皑去看了林家贴了法院封条的别墅、关门大吉的贸易公司、暂停营业的酒店、停驻在码头的赌船。最后,她们坐在了大江边的一张长椅上。

“这些,都是因为你,”林太太说,“我的丈夫待在看守所,他不能陪我过年——也是因为你。”

“可是,林太太,你有没有想过一个问题?”

“什么问题?”

"没有我,林五六也会有其他女人。"

"可碰巧就是你。"

"林太太,我要是你,我就不会把自己的丈夫推到风口浪尖上。你和他,说到底也不过是'人民内部矛盾',当你升级到'敌我矛盾'后,有些事情就无法挽回了。眼下看来,你是胜了。往后呢?未必。我也知道你念旧情,努力在周旋,想他少受几年牢狱之灾。可是,你猜,你猜他出来后还会回到你身边吗?他会回到一个曾把他送进监狱的女人身边吗?"

"难不成他出来后还要和你在一起吗?你这样的女人,还会要他?会要一个一无所有的男人?"

"你猜呢?你猜不到的,就好像我永远猜不透你到底是不是疯了一样。一个疯子是不会聪明到把自己的丈夫送进监狱的,但是把自己的丈夫送进监狱——这样的事情,除了疯子,还有什么女人会做得出?所以,我也不会再猜。"

"这是他应得的报应。"

"刚才我说过,没有我,林五六也会有其他女人。对 A 城来说,也是同样的道理,没有林五六,还会有别人——因为对这大江来说,没有林五六的船,还会有别人的船。你不会改变什么,我们都不会改变什么。"

"你太悲观了。皑皑,我们确实无法改变什么,但是,我们生活的这个世界,它会变,它在变。"

4

你不会改变什么,我们都不会改变什么。

田皑皑对张克远说了同样的话,当他说要给她另谋一份工作时。

他们在张克远位于江门大厦二十九层的办公室,站在窗口,看着大江。她手里拿着一张解聘通知书,右下角印有鲜红的公章。余一得推门而入,开始和张克远争执。十五年了,有些东西不会变——张克远还是那个理智、稳重的张克远,余一得还是那个感性、冲动的余一得。她不想参与这无谓的争执,轻轻带上门,离开。

余一得对张克远说:"那么多年,你还是不了解田皑皑,她绝对不可能要你安排的工作,不为别的,就为她离不开 A 城。你,我,她,我们都离不开这里。打从十五年前,我们就在这里生了根。只是,从《大江》变成《A城画报》那天起,你就和我们不再一样,你是个只会明哲保身的软蛋!你以为你在二十九层,我在二十八层,你就比我更高明?你以为你是执行副主编,你就比我更成功?说到底,我们都一样,我们连田皑皑都保不住。"

张克远说:"有些话,要等有了话语权再说;有些事,要等有了主动权再做。老余,这个时代,不再是凭一支笔就可以立足的时代,何况,你都已经封笔了。明哲保身,也只是暂时的,我的目的地从未变更过。只是,你太心急了。"

正月初三,张克远去墓地看他的太太,带了一束红玫瑰。只有在这里,他才能清晰感受到她的离去。后来下起雨,他躲进车内,摇了车窗探出头去,雨点打在他的脸上,微痛,还淋湿了夹在指尖的烟。乌云渐散去,天色也亮起来,大雨则没有减轻攻势的迹象。白蒙蒙的水汽和白晃晃的光亮交叠在一起,很是刺眼。

等张克远再次发动车子时,它却抛锚了。这车就像无助的孤舟,唯有那对大灯闪得有气无力。他逐一翻看存在手机里的数百个电话号码,想象这些人接到他求助电话后的反应。仅仅是想象,他却不肯去联络他们中的任何一个。

当然可以叫拖车的,只是,他怕再也没有机会受困。雨点落在车窗,"啪啪"作响,荡开去,缓缓蜿蜒,划出一道道深浅不一的水痕。荒野外、风雨天,一个男人和他的车驻足在此——有些东西随之静止。

张克远想到田皑皑,大学时代,她总是喜欢捧着诗集,和余一得站在楼道里高谈阔论。有时候,余一得会拉上张克远。张克远喜欢静静听他们对谈,那些话题也是他所感兴趣的,只是,他不习惯过于表现自己,即便,他和余一得一样喜欢这个姑娘——甚至,更喜欢。

是余一得和田皑皑提议毕业后去 A 城的,因为 A 城有一本风靡一时的纯文学杂志,它就是《A 城画报》的前身《大江》。作为余一得的好同学、好兄弟,张克远当然愿意和他一起,何况,同行的还有田皑皑。

到 A 城后,余一得和田皑皑恋爱了。这在众人看来是很自然的事,才子佳人,似乎就应该如此。

直到有一天,田皑皑敲开张克远单身宿舍的门,问他:"如果我想和你在一起,你愿意吗?"

他当然愿意,只是,他不能"愿意"。他无法承受这突如其来、莫名其妙的惊喜,更重要的是,他知道她心里只有余一得。后来,他跑去找余一得,余一得说爱情不能强求,他已经不爱田皑皑。他还说,爱没有理由,不爱也是。

张克远趁着酒意,挥手给了余一得一拳,这是他人生中第一次和人打架,可能也是最后一次,但就是这一次,对方竟然还未还手。后来,他试着和田皑皑恋爱。这恋爱实在太过艰难,他始终弄不明白她要的是什么。或许,她只是想通过这样一段关系来刺激余一得。年轻的田皑皑很美,但这美底下却是任性、自负、清高、孤傲。数次争吵和冷战后,他们终于走不下去了。佳人田皑皑没有和才子余一得在一起,也没有和才子张克远在一起,多年后,她坐上了"财子"林五六的豪车,自此,一去不返。他常常在想,有时候,时光可以把一个人或者一件事变得面目可憎。当他不想改变时,其实已经在改变。唯一能坚守的是内心微小的信念,又因为过于微小,它总会被繁杂的生活掩埋。

在 A 城,有人押上全副身家,只为一次豪赌;有人押上所有真挚,只为一次相遇。张克远知道，如果是场赌博，他们三个，他、余一得、田皑皑，谁都没有赢，但也绝不是输得最惨烈的。

5

这城市真像一条江。

邱莘坐在车里，车徜徉在雨里，远近的灯光晕染成模糊的色块，半黄半红。

车是和余一得分手后买的，她想让自己明白一个很浅显的道理：余一得对她来说，不过是负责接送她上下班的司机，而现在，不能因为司机跳槽而影响了自己的正常生活。又或者，她只是丢掉了一双并不合脚的鞋。

年前收拾旧物，她曾找出过一双要丢的鞋——八厘米细高跟，头层小牛皮，纯正的玫红色，鞋面缀有花瓣造型结，后跟随意抓皱，设计严谨却不失灵动纯真。只是款式早已过时，不可能再穿。这是她的婚鞋，花费了她前夫一个月的薪水。

三年后，她在他的包里发现商场的购物小票，买的是高跟鞋，尺码不是她的。她绝不是刨根问底的人，只是默默将小票摊在他手掌上。他试图辩白，但辩白毫无力量。她无法原谅他的背叛，干脆利落地和他离了婚。类似扼腕叹息的故事，她在录节目时常能听到，出自各种听众之口。她保持倾听者的姿态，如果可以，她宁愿讨论时尚趋势与气候变化——但没有办法，这就是她的工作。

在他之后，她遇到过若干男人，包括余一得，他们或理想或现实，或含蓄或奔放，或粗鄙或优雅，只是他们从未给她买过鞋，抑或是她不愿意接受。情爱好比高跟鞋，初次拥有总是最欣喜最热切的。

她真的不应该再相信的，即便对方是余一得。他们没有过承诺，没有承诺,也就没有要求;而没有要求,其实也就没有责任。如果说前夫出轨她还可以气恼,可以兴师问罪的话,那对待余一得的移情别恋,她只能选择缄默——不,可能连"移情别恋"都算不上,因为她怀疑他从未爱过自己。至少,他从没这样对她说过。

邱莘揣测过余一得的心理,应是左右晃动的钟摆。患得患失,理性夹杂感性,攻守难分,半信半疑。其实她要的是一个确切的答案,她需要知道自己在他心里的分量。这渗入骨髓的爱恋,像她的风湿病。晴好的日子可随性疾跑,矫健如鹿。只是遇不得这样的阴雨天,会被难言的疼痛团团包围,举步难行。

她包里放着一盒刚从医生那里取来的百忧解,医生说:"实在难受,就约上朋友出去走走吧,逛逛街也好。"

抑郁症并不是和余一得分手后才有的,应该是与前夫离婚后患上的。现在看来,还不算太严重。医生曾建议她更改工作时间,或者干脆更换一份工作。她觉得生活里被改变的事情已经太多了,无论如何,有些东西还是让她维持原状比较好,在她的能力范围内。

雨停后,邱莘独自在不夜城的一家酒吧坐了一晚,然后回家睡觉。后半夜,起风,她起床关窗户,风沙迷了眼,有液体从眼里溢出。这次,她可以名正言顺地哭泣了。单身公寓里不再年轻的女人,抱着一床棉被,泪雨婆娑。

次日,算是遵医嘱,邱莘约了朋友去逛街。在百货公司试鞋时,她们看到一对年轻情侣在笑闹,男孩子蹲在女孩子脚边,小心翼翼地帮她试鞋——一双明晃晃的玫红色漆皮高跟鞋。

邱莘叫来营业员:"我也想要那双,不需要试,直接包起来。"

"对不起……只有一双了,那位小姐在试,而且没有你的尺码。"

她气极了,疾步离开商场。她的朋友告诉目瞪口呆的营业员,这女人有个坏习惯,看中了一双鞋后,其他鞋子短期内再也无法入眼。它会是她整个春天的遗憾,在遇到美妙的替代品之前。

第十一章

春来

1

上官之桃他们是过了元宵节才回 A 城的,本来还想在外面多玩一阵,但林氤氲的生日就快到了,她说自己从来没有在 A 城以外的地方庆祝过生日,她不允许有例外。她的生日就安排在罗曼史,是上官之桃提议的。林太太正在省城为林五六的事情奔忙,想必是不能和女儿一起过生日了。上官之桃只是想利用这个机会为林氤氲做点什么,毕竟,林五六把女儿托付给了余一得。

生日那晚,林氤氲叫来了几个朋友,他们围拢在罗曼史大厅一张摆放了大捧玫瑰花的桌子上。上官之桃推着双层蛋糕走来,余一得拎着一瓶红酒紧随其后。暖色调的灯光下,他们看起来慈悲又祥和,就好像临时充当了林五六和林太太的角色。

生日歌是上官之桃带头唱的,然后林氤氲许愿,余一得来切蛋糕。吃蛋糕时,他顺口说了个段子:"说是生日派对上蛋糕只剩下一块,上面恰好写着生日两个字。男孩大方地拿起刀一分为二,温柔地对女孩说:'我负责日,你负责生,好吗?'看看,我这块蛋糕上写了'生'也写了'日',完了,我雌雄同体了。"

"余老师你真幽默。"林氤氲说。

"这不叫幽默,这是老男人的可恨之处。男人到了我这个岁数,可不就剩一张嘴了?"他好像也被自己的段子逗乐了,一直在笑。

上官之桃挪了纸巾盒到他面前,然后用手指点点自己的下巴,示意他擦擦下巴上的奶油。林氤氲察觉到了什么,便抽出一张纸巾来,递给他:"只有嘴的老男人,脸还要不要啊? 满下巴的奶油,要带回家当早饭?"

"怎么跟老师说话呢,没大没小的。"他说。

"那老师还讲那么没品的笑话呢,这叫'上梁不正下梁歪'。"她反驳。

"我这是在活跃气氛。"

"那我也是。"

这晚,邱莘和田皑皑竟也出现在了罗曼史。从林氲氲有些错愕的表情来看,她并没有邀请她们,而她们两手空空,大概也不是来参加她的生日派对的。关于田皑皑和林五六之间的种种,林氲氲也是在林五六出事后才从母亲口中得知的。之后,又因田皑皑被解聘,而林氲氲自己也不得已离开了杂志社,两人倒从未打过照面了。林氲氲和田皑皑都有些尴尬。

当然,更尴尬的其实是余一得——带着现任女友上官之桃,前任女友邱莘却突然现身。不论他以前是否把邱莘定位为女友,但过往的一切都是抹不掉的。就算他能抹掉,邱莘也不能。他了解她。

一时间,这几个人都有些无措。还是上官之桃机灵,她招呼着邱莘和田皑皑,把她们带到一个小包厢。见到这样的情形,我也不得不亲自过去帮她们点单了。自从正月初一那天和邱莘吃过一顿饭,虽说和她还没到可以交朋友的地步,但也不再是泛泛之交了——亲自点单也合乎情理。就在服务生给邱莘和田皑皑上咖啡时,林氲氲冲了进来。上官之桃刚想伸手去拉她,她就一把拿过托盘上的蓝山,泼到了田皑皑头上。

匆忙赶来的余一得拽住林氲氲,把她拖了出去。邱莘拿了纸巾,要帮田皑皑擦拭,却被她轻轻推开:"没事,我应得的。我们走吧。李陌,买单。"

"这咖啡,我来请。"上官之桃说。

"那倒不必,我再不济,总还喝得起这杯咖啡,你把你的慷慨留给余一得就可以。"田皑皑说。

"她也是好意,你不用说这些的……"邱莘说。

"原来,还是你最大方。"田皑皑笑了笑。

上官之桃再面面俱到,总还有她这个年纪参不透的东西。比如,她有心请别人喝杯咖啡,人家未必会接受这份好意。虽然她与人交往向来建立在"如果只是泛泛之交,大可不必与之计较"的前提之上,但她还是有些不悦。

有女人的地方,必定就有是非,罗曼史本身又是个是非之地。如今,这间小小包厢里分别装着余一得的初恋女友田皑皑、前女友邱莘、现任女友上官之桃,偏偏还站着我这么一个局外人,是显得有些挤了。我突然有点想念路鸣,如果他在,倒还有个异性出来调节一下气氛,当然,余一得肯定不行,恐怕只会更添乱。而路鸣回家过年后,曾打电话来请假,说是家中有些事情要处理,大概要过段时间才能回来上班。

"还是先到洗手间擦把脸吧,我叫服务生拿块干净的毛巾。"我对田皑皑说。

她看了看我,塞给我一百块钱:"应该够了,谢谢你,我先走了。"

邱莘尾随而去,上官之桃叫住她:"我没想过会在这样的情形下……对不起。"

"那倒不用。胜者为王败者寇,这个道理,我懂。"

"没那么严重。"

"不过,我是不会祝你们幸福的。因为,和余一得在一起的女人,都很难幸福。皑皑这阵子不易,她的火,未必是冲你发的,别放在心上。"

2

林氲氲的生日过得不太愉快,余一得早早就送她回家了。其实,那应该也不算是家,她的家,已经被法院查封。现在她住在林太太租下的一套二居室里,虽然设施一应俱全,但相较她之前的生活,的确是有些寒酸了。

她要求余一得陪着上楼,他答应了。进门后,她找出一瓶红酒和两个杯子:"老师,在我看来,这才是过生日应该有的感觉。"

"我还要开车,不能喝,"他环顾着她的住处,"这里和别墅是没法比,却也不差,你要学着适应。"

"这酒是我妈的,每天晚上她都要喝一点才能入睡。"

"她也不易。"

"我爸爸和那个女人的事情你早就知道吧?"

"知道一些。"

"虽然我和妈妈感情不怎么样,但她毕竟是我妈妈。"

"都明白。"

林氤氲已经倒好酒,递给余一得一杯,他只好先接过来。

"我从小学六年级起就跟你学写作,将近十年。他第一次带我见你时,我就知道,你和我爸爸的其他朋友不一样。他说你重情义,结交他,不为他的钱。"

"事实上,老林和我算是过命之交的。刚到 A 城工作时,我不知天高地厚,也许,现在也还是不知。有次和他在外面吃饭,言语中得罪了邻桌的一伙痞子,他们拿酒瓶砸我,是他替我挡的。他脖子上还留了道疤,你应该见过。后来他说我们以后绝对不能让人欺负,大概就是为了这句'不能让人欺负',他之后做什么都很拼命。你以前住的房子、开的车子,可都是他用命拼来的。这些年,他混得越来越好,我却越来越糟,他虽没嫌弃我落魄,我倒觉得自己和他有些不同了。尽管这样,在心里头,我们仍然是把对方当朋友的。他出事前,特意把我叫过去,要我对你多加照顾。我自知能力有限,但我会尽力。"余一得抿了一口红酒。

"他不是一个好人,对吧?"林氤氲已经在喝第二杯,"你呢,你是个好人吗?"

"我希望是,但我肯定不是。"

"我觉得你是。"

"氤氲,时间不早了,我把这杯酒喝完,就走了。"

"留下,不行吗?"

"当然不行。"

"是要去陪上官之桃?"

"你倒是什么都知道。"

"你爱她?"

"是的。"

"爱她什么?"

"她让我觉得自己应该变一变了。"

"变?"

"我的生活,需要变一变。"

林氤氲走近余一得:"老师……"

他摸摸她的后脑勺,从随身的公文包里掏出一本书:"生日礼物都忘记给你了,麦克勒斯的作品,我很喜欢的一位女作家。"

她接过书:"《心是孤独的猎手》?"

"孤独的自我需要一个更强大的自我来拯救,而不应全指望他人——这是我从来没有教过你的。因为我知道,有些事情,非要你亲自体悟过才能明白。氤氲,我走了,晚安。"

余一得走后,林氤氲独自喝完了那瓶红酒。狭小的二居室竟然变得有些空荡,她躺倒在沙发上,头晕目眩。尽管如此,她仍然明白。她要的可不只是一本书。

3

上官之桃在等余一得。

还记得他在游船上跟她说过的话,他说冬天过去,春天便不再远。

就这样,转眼春天,她也已经二十七岁。尽管她生于春天,但她并不喜欢春天。潮湿、黏腻,还有南方落不尽的雨水。当然,还有那些肆意滋长的欲望。她想得到的,包括一间属于自己的工作室和一个自己爱的男人,如今,都已实现。比她预想得要快一些,这种速度她当然喜欢,却也让她不安。

在上官之桃看来,余一得是珍贵的。正因如此,她更明白他的珍贵会被束缚所破坏,所以保持距离是最恰当的方式。这样的理智,她却不是常常有的。

他给她讲过一个故事,那是关于比翼鸟的传说,雄鸟叫野君,雌鸟被称为观讳,它们共同的名字是长离。互相追逐且保有距离,精神上的不可分割重于形式上的若即若离,这厮守不同寻常。

但余一得毕竟不是"野君",她也不是"观讳"。如果她太过真挚、热烈,且有力度,大概就要去承受对等的伤害。翻江倒海的爱,如若表达得不够恰当,又无法规避,那么就只有疏离。好比靠得太近的两棵树,会阻碍彼此生长。可是,她离不开他。

等到半夜,余一得终于来了。他拉过上官之桃的手,她扭过脸去笑,明明欢喜仍然强装沉着。她听他细诉心事,伤怀处亦感慨连连,要竭力拥抱他。他们手指相扣,大多时候他在说话,她安然倾听,间或抬头看他那神采奕奕的脸庞。他突如其来的兴致,要背了她在房间里走,她的手臂紧紧环绕着他的双肩,他们感知到彼此的温度,心无旁骛。

她想起 A 城的那个秋天,其实也就在不久之前。那时候,她与他的生活还无太多交集,常有的距离是隔着两杯咖啡。她喜欢注视他,他偶有察觉,而她知道,他会察觉只是因为他也在注视她,说不上谁的目光停留得更频繁、更长久。不清楚从何时起,她开始害怕失去,他的情绪,应该也是类似的吧。大约,爱情本身就是一次机会主义,亦是无数偶然组合而成的必然。

"大概,我们最后到底还是不能够在一起的吧?"她问他。

"最近,我也这样问过自己。我始终不能给你什么,又或者,你要的,我根本给不了。爱情是有所附丽的。"

"我害怕失去你。"

"生命是一场体验而已,你现在年轻,才这样在意得失成败,而我相对平静了。"

"只是觉得是一种未曾见的风景吧,那是年龄给予的,一些平常的东西。最后你在享受生活的时候,想到这个人,会感恩,这是我期待的。"

"爱不是感恩。有天我结婚生子,路上遇到提着鸟笼,留着白色山羊胡的你,我要在心里说——老先生,感恩呐。就是这个? 这个吗?"

"你不感恩也没关系。你结婚生子,会想,还好当初没被这人拖着,这样理解行吗?"

"我要说——我爱过他,值得爱。值得比感恩重要。"

"嗯,是,我现在想法有点自私,似乎不会带给你更多,或者说很少。能给你的太少,惭愧。"

"一个男人有财富,可以给女人财富。一个男人有精神,可以给女人精神。但是财富和精神都会或缺的,不是源源不绝,我要的不是这些。我要的是'值得',值得是双向的,确信自己没有看错,确信这个人有他的价值——与财富和精神无关的价值。"

"我感觉到这种期待的力量,需要些时间复苏愣头青好强的本性,强韧的内心也需要复苏。"

他们常常这样交谈,他们是矛盾的、犹豫的、徘徊的。他知道会有一个年轻男子出现,他会带走她。如果他仅仅是小我欲望的驾驭,那就是自私。而他最终要回归到正轨,回归似乎停滞了的生活与事业。这些,该怎么告诉她?

4

二月二,龙抬头。

这天上官之桃拖我去做头发,发型师建议我把长发剪短,他说短发会显得精神些。我还是喜欢扎个马尾,再不济,这发型也保持十年了。但听到他说"显得精神些"时,还是愿意试试看。

长发剪去,确实轻松许多。说不上很满意,但上官之桃说"看起来年轻了好几岁"。过了三十岁的女人当然喜欢听到这样的话,不过,另外一层意思,其实是说"你真的老了"。

回到罗曼史已是傍晚,刚到门口,服务生就兴冲冲跑来对我说:"老板,领班回来了。"

路鸣正在给一桌客人点单,大概是听到服务生的话,便扭头对我笑。我很喜欢他的这个笑容,有些职业化,却也不乏温情款款。他穿着罗曼史男服务生的制服,不过就是白衬衫和黑西裤,但是看起来……用我那位发型师的话来说——显得很精神。

他忙完就折返到吧台,上上下下打量着我:"李姐,这个发型好。"

人前他总是叫我"李姐",有些东西是我和他都不敢逾越也没打算逾越的。即便偶尔缠绵,他最多也就唤我一声"亲爱的"。但这声"亲爱的",高度私密,永不可为人知。即便我和上官之桃关系再好,也绝对不能告诉她。

上官之桃也在打量路鸣,她拍拍他的肩膀:"老实交代,在老家待那么久,干什么去了?不会是你妈安排你相亲去了吧?"

他没说话,只是笑。

"这表情,我肯定是猜中了。快说快说,还满意吗?"她问。

"不过是我妈想让我回老家,才这样安排。"

我心里"咯噔"一下,很轻微,却也忍不住问:"那你要离开 A 城了?"

"即便走,也没那么快。如果有些东西值得我留下,我不一定会走的。"他看着我。

到了晚上,我感到有些累,便早早回家了。洗完澡,躺在床上,辗转反侧,竟觉得有些担心——罗曼史已经没有抹茶了,如果路鸣也走了,我就很难再找到帮手了。可能还有些别的原因,我自己都不愿意承认它的存在——我终究是有些舍不得路鸣的。刘太太的话,有时候就是至理名言,比如她常教诲我不要和员工过于亲近。如今我徒增了这许多烦恼,还能怪谁?

午夜,门铃响。我的家,连上官之桃都很少来,更别说这大半夜的。隔着门洞看,居然是路鸣。开了门,他并没有马上走进来,而是小心翼翼地问:"方便吗? 这样不请自来。"

路鸣知道我住这里,偶尔会送我回家,但从不上楼。以往我们约会,如果那算"约会"的话,都是在打烊后的罗曼史。

"进来吧。"要是把他挡在门口,被路过的邻居看到,恐怕更难堪。

他并没有马上坐下,而是把手里拎着的一只牛皮纸袋轻轻放到茶几上:"几罐家乡的茶叶,还有些我妈自己做的酱肉。还有,一盒巧克力。"

"巧克力? 我很少吃的。"

"想着情人节没有陪你过,就买盒巧克力给你。吃不吃是你的事,送不送是我的事。只是,你收下,我会开心。"

"路鸣,你没义务陪我过情人节的。"

他坐到沙发上,给自己倒了杯水,一口气喝下,然后问我:"你想让我留下吗?"

"当然想,罗曼史需要你。不过,你有你的选择。"

"如果,如果我说你其实是可以左右我的选择的……"

"我可不想因为私心耽误员工的终身大事。你想,你遇到一个合适的姑娘,概率可没有我遇到一个好员工高。所以……"

"罗曼史需不需要我,我不管。你呢,你需要我吗?"

"你不该问这些的,你违背了我们的初衷。"

"什么初衷?没有感情,为了生理需求?还是两个寂寞的人,临时相互取暖?初衷这东西重要吗?再说了,我问的是现在。"

我坐到他对面,认真地看着他:"路鸣,你不了解我。离婚后,我从没想过再恋爱,再结婚。好,退一万步讲,就算我真的要恋爱,要结婚——哪怕不结婚,就只是恋爱,你也绝对不是我会选择的对象——你比我小,不是小一岁,不是小两岁,而是小六岁。"

"年龄不是问题。"

"在我这里,它就是个问题。在你的家人、朋友看来,也绝对是个问题。况且,我离过婚。这个话题到此为止,那么晚了,你走吧。"

"那么久没见面,你就一点都不想我吗?"他站起来,走向我。

我试图阻止他的靠近:"你别过来。"

他横抱起我,径直走向卧室:"好,你要初衷,我这就给你初衷!"

他粗暴地吻着我,把我放到床上,解开我的睡袍。我像之前很多次一样,想拒绝,却又无力抗拒……

我依偎在他身侧,彻夜未眠,我要记住他均匀的呼吸和微微翕动的鼻翼。或许,这是最后一次了,也应该是最后一次了。如果这朵花是夏天开的,错过了,就不该绽放。我确定自己丧失了爱的能力,如果在这个时候与他携手同行,对他并不公平。

清晨,他起身。我的听觉神经从未如此敏感过,听得到他的微弱叹息和蹑脚离开的声音。泪水随着房门的"咣当"声喷涌而出,我比自己想象的还要软弱。

5

这个夜晚,和我一样难眠的还有田皑皑。

她翻看着手机通讯录,想找人谈谈,而这上面确实也有随叫随到的人,一个是余一得,再一个,就是张克远。时隔那么多年,他们始终觉得亏欠她,这些,她都清楚。考量许久,她给余一得打了个电话。半小时后,他来到她家。

田皑皑泡了一壶水果茶,透明的玻璃茶壶里盛放了苹果、橘子、香橙,还有余一得最喜欢吃的西瓜,再放了玫瑰花茶和蜂蜜。加热后,房间里弥漫着各色水果和玫瑰花混合的香气,又甜腻又丰富。

"还是你会享受生活。"余一得喝着茶,"味道很不错。"

"喝这水果茶时,我偶尔会想到你。总觉得,你会喜欢。你需要的都是这种内容丰富的东西,各种味道,各种感受,夹杂在一起,直到你品不出茶的原味。"

"现在年纪大了,觉得清淡点也不错。"

"你可不是那种因为上了年纪就自认不行的男人。很多年前,你和你太太结婚,现在应该叫前妻了,我就不以为你们能长久。没有离婚前,你和邱莘走到一起,你和她,我同样不看好,即便你后来离婚了。现在,你遇到这么一位上官小姐,隐约中觉得她倒像你,仅仅是像你,你们肯定也不合适,太像了,可不好。"

"叫我过来,你就是想免费给我做感情咨询?"

"随便聊聊。"

"也是,自从你和林五六在一起后,我们很少聊得这么'随便'了。既然是随便聊,我们聊的也多是没有什么实际意义的话。其实,我们分手后，我以为你会和张克远结婚的，他适合当老公。事实证明我看得没错，如今他四平八稳，这次怕是要高升了。可惜了，你这样错过他。"余一得点了根烟，"烟瘾上来了，不介意吧？"

"不介意。你应该知道，我不爱张克远。"

"那你爱林五六？"

"我不知道。"

"你应该结婚的，找个适合你的男人。"

"有时候，我也幻想过婚礼，白纱、红玫瑰、灯光绚烂的晚宴。一个家，落地玻璃窗，阳台上摆满容易养活的植物。耐脏的沙发，柔软的靠枕，订阅家居杂志。生个孩子，教他走路攀爬。只是很奇怪，对于这个家的男主人，我始终勾勒不出一个大概。我知道你们很担心，我也的确需要被照顾，需要很多很多爱。只是多年以来，我只知道被人庇护，却没学会如何疼爱与珍视自己。这几天，我想了很多，以后的路，我怕是谁都不想再依附了，情感或者物质，都不再依附。"

"那倒不必这样，应该依附的时候也不必硬撑。你要记得，我和克远都是你最好的朋友，朋友这里，不叫依附，叫帮助。我知道他安排的工作你不想去，因为你不愿意离开 A 城。这些天我考虑了一下，觉得你可以试一试，试一试暂时离开这里，出去散散心也好，怎么都好。细想过，克远的安排，其实也不是没有道理。"

"这些年，很少听到你说他的好话。"

"一码归一码。在很多其他事情上，他的做法，我可不敢苟同。"

"年前就听说他在力荐你接替他执行副主编的位置。"

"我呢，现在还处于休假状态。他那边，恐怕要另外安排了。社里其他两位副主编能力都很强，还有，也许上面会'空降'一位下来呢！这是他们的事。"

"你不该这样，机会很好。"

"有件事,和谁都没透露——我,不想干了。"

"我不觉得奇怪。"

"是因为你了解我。"

"是因为你和上官之桃在一起后,你变了。又或者说,你原本就应该是这个样子。"

"什么样子?"

"年轻的、无所顾忌的余一得。"

第 十 二 章

宿命

1

清明节前后,有消息传来,林五六被判有期徒刑二十年,罪名囊括了组织、领导黑社会性质组织罪,故意伤害罪,寻衅滋事罪,非法拘禁罪,开设赌场罪,非法持有枪支罪,非法侵入住宅罪,敲诈勒索罪。有人说,数罪并罚也只二十年,太轻了。再有人说,林太太手里握着一些上头不想看到的证据,牵涉面很广,所以上头才会网开一面。

一个月后,林太太就在罗曼史邻街开了一家小小的美容院。开业那天,林氤氲拉我和上官之桃去捧场。仪式很简单,低调得就像林太太自己。身材娇小的她穿着一件蓝灰色的旗袍,说不上气质高雅,却还有几分秀丽,怎么看都不像之前传说中的疯婆子和当下传说中的极有手腕的女人。

我们送了花篮,林太太过来打招呼,显然她是认得上官之桃的:"在《A城画报》的一期封面上看过你,真人,倒是第一次见,觉得你比照片还漂亮。这段时间,多亏你照顾氤氲。过年时,你和老余还带氤氲去旅行,没妨碍到你们吧?"

"怎么会?我挺喜欢氤氲,愿意和她做朋友。"

"我在隔壁的小馆子安排了简单的午餐,还希望你们能赏脸。"她忽然把目光转向我:"你就是李陌?氤氲也提起过你——咖啡馆老板,店就开在这附近,对吧?这做生意的经验,我是一点都没有,还想请你多帮忙。"

"帮忙可不敢当,以后我多介绍朋友到你这里来做美容,倒是没问题。"我说。

林太太的美容院开业不久,林氤氲就重新回到《A城画报》实习了。这时,A城人开始口耳相传一个段子:林氤氲去探视林五六时,这个当爹的塞给她一张纸条,叫她拿着去找人,人家便会给她安排一个好工作。她问他,你现在已经混到这步田地了,还有人会卖面子给你?他说,正因为我在里面,我想叫谁进来陪我,他们就得乖乖进来陪我。你说,他们能不卖面子给我吗?

上官之桃说:"段子就只是段子,如果林五六写的纸条那么管用,为什么田皑皑去探监的时候,怎么没见给她塞一张?"

田皑皑再没来过罗曼史,即便在庆祝张克远荣升《A城画报》主编的聚会上,也不见她的芳踪。我曾拒绝张克远一起旅行的邀请,他却好像已经忘记,他打电话给我:"你过来吃晚饭吧,我升迁的事情,定下来了。"

似乎没有理由再拒绝了,何况上官之桃一直在旁怂恿,只因她也要参加这个饭局——以余一得女朋友的身份。接任张克远原执行副主编位置的人据说是"空降"的,余一得仍旧是副主编。在这聚会上,丝毫看不出张克远有任何得意之处,也丝毫看不出余一得有任何失意之处。他们喝了很多酒,连上官之桃也跟着一起醉了。

我从洗手间出来,在走道里遇到醉得不省人事的张克远,我指指前面,示意洗手间就在那边。他摆着手:"不,我就是来等你的。你前脚出来,我后脚也跟着出来了。我是想告诉你,李陌,今天,你不尽兴,你没喝酒!"

"认识你这么多年,我只看到你醉过两次。"

"我知道,我当然知道。一次是在你和周御的婚礼上,再一次就是今天嘛。"

"今天你高兴,多喝几杯也无妨。"

"可是,我不高兴。我以为有今天就能高兴,可是当'今天'来了,我却并不高兴。对了,你知道村上春树吗?"

"知道。"

"他说,因为没有人可以理解,因为没有人可以包容,因为没有人可以安慰,所以才会让人有无处可去的感觉,就是说躯壳可以找到地方安置,可是却没有一个地方可以容下你这个完完整整、纯洁的灵魂! 是他说的……可不是我!"

"你真的喝多了。"

"陌陌,你呢,你的灵魂还完整、纯洁吗?"

2

那晚,余一得带上官之桃回到他家。

这是上官之桃第一次踏进余一得的家门,她在洗手间的小壁橱里发现了余太太没有带走的化妆品,显然已经过期。她把它们扔进垃圾桶,把自己的一瓶护手霜放了进去。

大醉的余一得当然不会在意这个,就算他没醉,大概也无所谓了。酒醒后,他搂着她,告诉她,他即将辞去《A城画报》副主编的职务,他要重新拿起那支笔,继续那中断了近十年的创作。她说:"现在写作都用电脑了,没人再用'笔',除非是那种老学究。"

说起老学究,他讲起一个故事:A城有位出了名的老先生,是作家,一辈子就写过一部作品,却也不妨碍他牛气冲冲。一个饭局,大概是喝多了,老作家忽然从随身的包里掏出一盒壮阳药,他说这东西管用,并开始派发。有人质疑,老先生便解开皮带,把那活儿晒了出来,他还说,小棍儿一拨,就起来了,看谁敢说他不行!

"你吃了吗?"上官之桃问。

"那药? 我当然没吃,我还没到不行的时候嘛。"

"男人,就那么在意'行不行'? 即便年纪一把?"

"当然。我可不想混成那样,要脱裤子来证明自己'行'。"

他们笑起来,她伸手去解他的皮带:"让我来检验检验……"

"之桃,别闹,"他捏捏她的脸,"你说,我能写出好东西来吗? 你信吗?"

"难道我相信你了,你才肯相信你自己? 我的余一得居然开始怀疑自己行不行了,奇怪。"

"不是怀疑,只是担忧。"

"别怕,有我呢。你好好写,大不了,我养你。你实在不好意思的话,可以在扉页上写'感谢之桃'。"

"还没到那步,我还有些积蓄,不工作的话,也可以撑一阵。"

"听李陌说张克远曾推荐你接替他那个主编的位置,我只觉得你不会去。以你的能力,如果想当主编,早就当上了。"

"当年杂志社要改版,我和张克远原本都是不同意的,说好了站在同一战线。那时候,我们还都只是杂志社中层,自知能力有限,便纠集了一帮同事,包括田皑皑,一起和上头对抗。到最关键的时候,他带着那帮同事倒戈了,反对派就只剩我和田皑皑两个人。当时的主编极力支持改版,便开始器重张克远,改版后的第二年,他就升了副主编。再后来,原执行副主编退休后,张克远顺利坐上了那个位置,因为我前妻帮着'活动',我也混了个副主编。只是田皑皑,当年被我连累,还只是中层,后来又被林五六连累,连这份工作都丢了。如今,张克远升迁了,田皑皑被解聘了,我也即将离开杂志社——《A城画报》的一切,从此都和我无关了。"

"张克远背叛了你们。"

"我眼见亲密的战友瞬间成为对手,眼见对手爬到我头上……可是,我选择沉默、退守,并且自我安慰——甚至,我曾尝试理解这种背叛。只是,我永远学不会见人说人话,见鬼说鬼话;学不会心怀鬼胎,投机取巧。我不够狠心,所以只能停留在某个阶段——一个我极度厌倦又无能为力的阶段,我一度感到穷途末路。现在,我希望你能给我些勇气。"

"我会的。"

"你准备好去应对了吗？那些我们各自的性格所决定的，一种叫作'宿命'的东西。"

3

罗曼史的夜晚变得有些漫长，特别是在路鸣向我袒露心迹后。我不愿被别人看出他和我之间有任何异样，很多时候，就泡在刘太太那里打麻将。

刘太太最近手气不太好，总是输。或许是因为输多了，偶尔会神色恍惚。好像过完年后，她一下子就老了，花鼻子嘱咐的"红衣红裤"她也不再穿，虽然扑了脂粉，总也掩盖不住那丝暗淡。

有天，我在上官之桃的工作室遇到常和我们一起打牌的徐太太，徐太太是来取衣服的，看到我，把我拉到洗手间："刘太太没告诉你？"

"什么？"

徐太太笑得有点意味深长，明明洗手间里只有我和她，她还是压低了声音："她也没告诉我，我是听别人说的。他们家老刘……外面有人了。"

"不过是些逢场作戏、可有可无的小事情，况且道听途说的，又不可信。"

"年底老刘丢手机和钱包的事，你也知道吧？"

"和丢东西的事情有什么联系吗？"

"后来，东西找到了。老刘不是说忘锁车门，被人顺走的吗？可是小偷交代，他是在一个出租房偷的手机和钱包。也活该老刘要现形，每天都有人丢东西，倒不见他们的东西件件都能找回来。老刘的东西一回来，可不就东窗事发了吗？"

"在出租房丢的,又怎么样?"

"我说李陌,你用脑子想一想嘛。算了,我还是告诉你吧。后来,刘太太觉得奇怪,找人去查,发现那房子是老刘租的——他是给不夜城一家夜总会的坐台小姐租的。刘太太又不是好惹的,叫来那坐台小姐,一问之下,老刘和那小姐算是同居了。"

"后来呢?"

"小姐也傻,搭上自己不说,还借了老刘三十万。"

"他们家不缺钱啊,老刘这是何苦?"

"老刘一直想另外做点生意,钱呢,都在刘太太手里握着,她怕他亏本。这老刘也够不争气的,还真的亏本了。血本无归,还不上钱,只好成天哄着那小姐。小姐还以为他多有钱,想着有朝一日他能加倍还她,或者把她扶正。那三十万,也不仅仅是她自己的,她还向其他小姐借了钱,说是融资。"

"我怎么觉着这不像我认识的老刘呢?"

"人心,谁能猜透? 也怪刘太太管教太严了。现在好了,屁颠屁颠地帮老刘还钱,落了个'哑巴吃黄连'。她也知道,在 A 城,可没有什么秘密,但她硬撑着当没事发生,我们还能说什么? 眼见她气色差了,我们的交情虽然只是打打牌、聊聊天,但也实在看不下去。平日里就你和她要好,你找机会劝劝她吧。"

"你们……竟都知道了?"

"想必她茶楼里的每个服务生都知道了。"

"这又是何苦?"

"她个性要强,你是今天才知道?"

我实在坐不住了,从上官之桃的工作室出来,就直奔刘记茶楼。到了门口,犹豫着应该怎么说,一时也不敢贸然进去。最后还是刘太太发现了我,走出来迎我。我支吾了半天,转身要走,她说:"你都知道了? 进来吧。"

"其实,也没什么事。"我说。

"行了,你又不会演戏。要是你会演戏,我和你就做不成朋友了。还不快进来。"

4

我确实不会演戏,只好和盘托出徐太太的说辞。

我说:"她也是好心,不想看你难熬。"

"是好心,却也是在看好戏。谁在笑我,谁是真心待我,这些,我还分得清楚。"刘太太笑,"往常我总以为自己御夫有术,每每还要在她们面前炫耀。其实,老刘偶尔也有拈花惹草的时候,我不过是睁只眼闭只眼。都说婚姻是爱情的坟墓,更可笑的是,小三还要来盗墓。这次,他闹得确实过分了,是吧?"

"有点。"

"这叫'有点',如果摊到你身上,你未必能有我这胸襟。"

"那是肯定的。换作我是你,我早把老刘千刀万剐了。"

"千刀万剐这事,你我都做不出。他乖乖回家,也就算了。"

"真能算?"

"实话告诉你,我难熬,是我心疼钱。三十万呐,还不算利息。"

"我才不信。"

"你应该信的,连我自己都信。为钱难过,没关系,钱还能挣回来;为情难过?不值得,情分没了就是没了,九头牛都拉不回来。"

"这话,我倒是认可。"

"李陌,我告诉你吧,像我这样一身俗骨的女人才有真正的大智慧,生活呢，就需要这样的大智慧。"

"你在我眼里，向来就是哲人。"

"今天是你来劝我的，我怎么觉得倒是我在劝你呢？"

我笑得不行："行了，晚上我多放几张牌给你。"

"你这天天来我这里打麻将，店里的事情都不管了？"

"反正有路鸣在。"

刘太太的表情变得有些怪，她很认真地看着我："他们说的是真的？"

"什么啊？"我警惕起来。

"你和路鸣的事情。"

"谁说的？"

"像徐太太说的一样，A城是没有秘密的。"

知道瞒不住了，我也不作声，只拿起杯子，默默喝水。

"想必，连我都知道了，上官之桃肯定也是知道的，她也假装不知？"

"我……不知道。"

"她和你走得那么近，怎么能眼看着你和路鸣发生……"

我忽然想起路鸣年后回罗曼史，上官之桃当着我的面，问他是否回家相亲的事。我捏着杯子，紧紧地，有些不知所措。

刘太太又说："不管是为了什么，你和他都没有可能。我之前不是没有暗示过你，如果你想再婚，张克远才是最好的人选。要是张克远知道了你和路鸣的事……大概也已经知道了……他会怎么看你？"

"我对张克远并没有那方面的意思……"

"什么叫有意思，什么又叫没意思？要我说，找个和自己相配的男人，他又肯待你好，这就很有意思。"

"年前，他倒是叫我和他一起去旅行……"

"他一定是知道了你和路鸣的事，找机会拖你出去，他这是在救你。你没答应？"

"嗯。"

"李陌,我就那么让你信不过?你遇事就从来不找人商量?你真的信不过我,你可以问问上官之桃啊,她年纪虽然比你小,但处事比你有手腕得多。张克远是谁啊?A城的黄金单身汉,多少女人盯着他,你倒好,你还不去!"

"我又不爱他……"

"那你爱路鸣?"

"我也不爱他。"

"好,你不爱他。那他呢,他爱你什么?他爱的是你,还是你的罗曼史?你不年轻了,也没机会犯傻了。听我一句劝,这段时间就把他辞退。"

"他原本就有回老家的打算,他家里给他介绍了一个女朋友。"

"阿弥陀佛,这样最好。"

5

上官之桃正在画设计图,见我进门,笑起来:"是舍不得我,还是东西落在这里了?才不过一个小时嘛,又来了?"

我惴惴不安,指指她卧室的门:"进去说吧。"

自从她成为《A城画报》的封面人物,生意开始大好,年后就请了两位助手帮忙,加之进进出出来定制衣服或是来取衣服的女人,说话实在不太方便。

她放下手中的笔,随我进卧室:"怎么了?慌慌张张的。"

"我和路鸣的事,你早就知道?"

"知道。是路鸣告诉我的。"

"你怎么不早说?"

"我怎么说？我提醒过他,叫他和你保持距离,他不听。"

"我以为你不知。"

"李陌,就算我劝你,你能听吗？你陷得有多深,大概连你自己都不知道吧。"

"我没有……"

"你没有？那为什么路鸣说他可能要离开的时候,你那么紧张？"

"我并没有爱上他。"

"我当然知道。李陌,你可不会轻易爱上谁。你看重爱情,因为看重,你绝不会简单就范。所以,我断定你没有爱上他。无非,是因为你寂寞。让他走吧,就当一切都没发生过。"

我没说话,上官之桃握住我的手:"他对你,倒是有几分真心的。不过,我说句话,你别生气。"

"你说。"

"如果你没有罗曼史,他还会有这几分真心吗？倒是张克远,对你,不说掏心掏肺,也算有半片痴心。他升迁的饭局,还记得吧？怕你不去,辗转联系到我,要我出面请你。这么多年,你只把张克远当朋友看,是因为周御的缘故？"

"多少有一点。"

"那倒不必。论条件,他很适合你。即便是寂寞,想找个人暖暖被窝,张克远也比路鸣安全啊。"

我拍了一下她的手背:"让你胡说！或许,在刘太太看来,婚姻只是一段关系,一段要是确定了就应该努力维持的关系;在你看来,婚姻如果无关爱情,就只是挣脱不开的束缚;对我来说,婚姻则是一种宁缺毋滥的偏执。"

那晚,我没有再和刘太太打麻将,只身来到不夜城的桌游馆。在这里,碰到了邱莘,她正和几个人在玩"宿命"。她和我打着招呼,离开座位,找了张稍偏僻的卡座,邀请我坐下。

她说:"李陌,上次听你提起,我就常来玩了。玩过一两次,觉得还不错。"

"你今晚不用做节目?"我问。

"请了几天假,身体有些不适。"

"那就更不该待在这里了,人多又吵闹。"

"我倒是害怕清静。播音室里是清静的,家里也是清静的,清静得让人心慌。既然碰到你了,我带你去个地方?"

"去哪?"

"酒吧。上次你请我喝酒,这次该轮到我请了。"

酒吧里十分嘈杂。舞曲配合着灯光,张牙舞爪,扑面而来。那些暧昧的光亮,红黄蓝绿,它们和酒精的气味夹杂在一起,让人无措。

只见中间的高台上,几个穿着紧身衣的男女,正随着动感的音乐热舞。底下的那些人,也跟着他们挥动着四肢。在这里,人和人之间似乎没有距离,也没人去计较这个。

调酒师在吧台忙碌着,不多时,两杯五颜六色的酒就送到了邱莘面前。

她递了一杯给我,然后指指前面:"李陌,你看,那是谁?"

酒吧顶棚的音响里传来低沉的布鲁斯慢拍音乐,昏暗的灯光下,一个妩媚又带着几分野性的白衣女子斜倚着吧台,眼神飘忽,白皙而又纤细的手指夹着一根香烟,慢慢放在红唇间,微微张开嘴,深深吸一口进去,顷刻,烟雾从鼻孔和嘴里缓缓飘出来,散在空中,然后,把烟灰不紧不慢地一点一点弹进烟灰缸里。少顷,一个身着挺括的黑衬衫的男人出现在她身边,打火机的火舌骤然吐露,她给他点了支烟,两人的面影随之明灭。他伏在她耳边轻声说着什么,她笑起来,揽住他的腰。

是上官之桃和路鸣。

邱莘说:"常在这里看到他们。"

"他们是很好的朋友。"

"当然,如果男女之间真的可以交朋友的话。我只想,难怪余一得要拜倒在她的石榴裙下,她从头到脚都是风情,我要是男人,我也喜欢她。这是命,是余一得的宿命,他早晚要死在她手里。说到命,李陌,你信吗?"

"这里太吵了,喝完这杯,我们走吧。"我笑了笑。

"你不去打个招呼?"

"不必了。"

第十三章

春末

1

花鼻子是 A 城的一个传奇。

因为是传奇,他从不轻易给人算卦。

早年,有不少赌徒登门拜访,要花鼻子算他们的赌运,被他一一拒绝。只因他从不算赌运,只算前程和姻缘。据说,林五六出事前曾找过花鼻子。花鼻子断定他会有牢狱之灾,他不信,还掀翻过他的桌子。刘太太亲口告诉我,他们家老刘出轨前,花鼻子警告过她,要她小心枕边人。她问花鼻子如何破解,他只说了两个字——散财。后来,她果真就散了财——本就信任他的她,自此成为他最忠实的追随者。

还有一个人,和花鼻子过往甚密,那就是余一得。像余一得这样的人,当然不会轻易追随谁,他和花鼻子的关系更像是朋友。当刘太太带着我去找花鼻子,在他那里遇到余一得时,我们彼此都没感到惊讶。

"老余,这一卦是说'亢龙有悔,盈不可久也'。另外再送你几句我近日礼佛而来的心得:小乘法门里的'戒定慧',先要戒才能定,'慧'是一种沉淀,是'看完烟火再回去'的喜乐与轻安。观望过极致的绚烂,知道所有胜景皆不可常存,抽身回安定之所,平心静气,便是不流连、不奢求、不索取的大智慧。别的,你自己回去琢磨吧。"

花鼻子和余一得说完,转过脸来,看我们。

这是一个其貌不扬的中年男人,四十出头,穿一件藏青长褂,衬得肤色白皙。五官中,最突出的就是那个硕大的酒糟鼻,"花鼻子"这个诨名大概就是从这里来的。

他用修长的手指摆弄两只核桃,问刘太太:"财都散出去了?"

"散出去了。"

"嗯,这便可保你十年无虞了。"

"只能保十年?"

"十年后的事情,我也未必能算得好。人的命,是会变的。比如你今天看到的'明天',和明天看到的'明天',又有大不同了。"

"请帮我这位朋友算算姻缘。"

我看了一眼余一得,他笑了笑,对花鼻子说:"你忙着,我先走了。"

"你不信我?"花鼻子问我。

我有些诧异,只好说:"他们都说你灵验,刘太太早就叫我过来,我一直觉得……"

"我不过是个江湖骗子?"他真是咄咄逼人。

我笑起来,对刘太太说:"你看,你非要拉我来,惹得大师不高兴了。"

"我没有不高兴,信或者不信,都无妨。只是,若你不信,算了也没用。凡事都需要诚心,生活是这样,想求得一段好姻缘也是这样。恐怕你连'姻缘'二字都未必信,又来算什么姻缘呢? 我帮不了你的。"

他还是摆弄着那两只核桃,笑着:"这样,既然来了,也不能让你空着手回去,我送你两只核桃。我手上这两只,已把玩多时,不方便送人。香案的抽屉里还有几只,你自己去选一对。"

我惶惶站起,打开香案的抽屉,选了一对核桃。

"这是平谷产的,又唤'狮子头',皮质坚硬,纹路好,大肚、大底座,是上品。玩久了,你就会发现这不只是一对核桃。收好了,这是好东西。"他说。

刘太太看着花鼻子:"这核桃,怎么没有我的份?"

"你可没有她的耐心。"花鼻子指指我。

2

亢龙有悔，盈不可久也。

余一得当然知道这其中的含义：巨龙高飞穷极，升腾得太过，必定有所悔恨，因为太满的东西是不可能长久的。物极必反，事物发展到了尽头，必将走向自己的反面。

他想起那个戒盈杯的故事，戒盈杯本为唐玄宗李隆基所有，其子寿王和杨玉环新婚合卺时，玄宗将此杯赐予他们，并讲了一大通"盈不可久"、做人不能太贪的道理，讲得两口子心悦诚服。不过历史在此事上除了给寿王留下一点颜面外，狠狠给了另外两个当事人一记耳光。过了没多久，唐玄宗就恬不知耻地将心神放在了这个明媒正娶的儿媳妇身上，最终冒天下之大不韪，将之纳为己有。

传说杨玉环贪权、贪宠，嫁了皇子还不知足，唐玄宗一旦相招，欣然相就。这两人以自己的实际行动验证了食言而肥、出尔反尔究竟是何含义，他们的结局也在意料之中。安史之乱，玄宗以老迈之身仓皇出逃，备受颠沛流离之苦。杨贵妃一门数贵，气焰一度熏天，陪玄宗逃到马嵬驿后，哥哥杨国忠被乱军所杀，她也不能为玄宗所保，自缢而死，"血污游魂归不得"。

余一得结识花鼻子，应该是在十年前，是通过林五六认识的。那段时间，林五六的生意遇到一点麻烦，又听闻花鼻子能掐会算，就带着余一得去找他。余一得怀着几分好奇心，将信将疑。花鼻子真的给林五六指点了几次，倒是次次都中。从此，余一得闲暇时便常常去找花鼻子，也不算卦，无非是喝茶、闲聊。久了，花鼻子就拿余一得当朋友了，偶尔会送几句他自以为是的"警句"给余一得。

花鼻子的话,他不全信,却也不得不信。比如花鼻子曾指引他去戒坡,自此遇到了上官之桃。那句"桃之夭夭,灼灼其华",他还铭记在心。

这天,余一得原是到杂志社办理离职手续的,新上任的主编张克远避而不见,想来还在为他不肯领情,在杂志社内部人事调动的关键时候请了长假而生气。他便去找新上任的执行副主编,这位年轻的执行副主编只肯给他放个长假,最大限度是"停薪留职"。执行副主编说自己曾是余一得的读者,喜欢他的每一本书。如果他离职只是为了专心创作,自己一定全力支持。余一得看着这个比自己年轻的家伙,北大高才生,海归,听闻又有不俗的家世,"空降"到此,应该只是过渡而已。余一得觉得没有必要和他理论下去了,答应了"停薪留职"。

办完手续,他回到属于自己,或者说曾经属于自己的位于江门大厦二十八层的办公室。雨季刚过,这天阳光正好,大江波光粼粼,一切一如既往。江水的色彩,还像十六年前那么饱满。年轻时,他曾徒步下行,伸手可以触摸那江水的时候,清楚地看到大江水底的绿草,那些奇形怪状的鹅卵石,游走在水底的石缝间的小鱼,还有,他自己的影子。如果没有记错,应该还有张克远和田皑皑的影子,他们对大江的感情并不输给他。

"江南好,风景旧曾谙。日出江花红胜火,春来江水绿如蓝,能不忆江南。一得,我以为白居易这词最能应了此时的景。我们脚下是大江,而我们的名字出现在了《大江》杂志上,这感觉,真是说不出的自豪。"田皑皑说。

"何止自豪,简直骄傲!"张克远卷起袖子,"皑皑,给你抓条鱼,如何?"

二十四岁的余一得笑着,捡起一块石头,扔向前方,它荡起过一圈波纹,随后,消失。

3

我找路鸣谈过，请他离职。

他看到我手里的核桃，有些奇怪。我只说为了附庸风雅，时下流行"文玩核桃"。

他像是自嘲，说："我竟然还不如一对核桃。"

那晚和邱莘在酒吧看到他和上官之桃很亲密，我原本是想问一两句的，到底无法张口。就算他们真的有什么，我似乎也没有权利过问，更别说干涉了。周御曾说我太小家子气，眼里更是容不得一颗沙子。但他不知道的是，有时候眼里飞进了沙子，竟不能去揉，因为一揉，会更痛。

"李姐，说起来真怪，当我三心二意逢场作戏时，我总和爱情开玩笑。当我一心一意视爱如命时，爱情总和我开玩笑。"

"大概哪个是逢场作戏，哪个是一心一意，你自己也未必能分辨吧。"

"我爱过之桃，在你之前。"他说。

我心里微微一振，看着他。

他继续说着："那样的女人，像之桃那样的女人，大概，很多男人都会喜欢吧。年轻、激情、浪漫，甚至，还有些天真。最重要的是，她相信爱情。我羡慕余一得，他能得到之桃。"

"你本来应该去试试的，试着追求她。"

"后来，我见到你。我和你在一起，不只因为寂寞，即便一开始可能是因为寂寞。李姐，你大概不知道自己有多好吧。你的'好'是藏匿着的，不易被异性发现的。你看似面无表情，但你的内心，却比之桃更有激情和浪漫。这些，我都对之桃说过。在余一得不能够陪伴她的夜晚，我偶尔会溜班出去，陪她到酒吧喝一杯，像是最知心的朋友。但我知道，她那样的人，没有人能走进她的内心,包括你,包括余一得。这些,A城的一切,对她来说,不过是一个停靠站。有天,她是要走的,离开这里,远远离开。"

"听起来,你比我了解她。"

"我也知道你们是怎么想我的,你们想着我继续留在你身边,是因为你有罗曼史。我不辩解,没有关系。毕竟,李姐,我可能给不了你幸福。我没有能力,没有能力真正走进你的内心,或许,我走进过,转了一圈,到底还是出来了。"

我微红着眼圈,说:"路鸣,离婚后,我一直告诫自己,任何时候,都不应该做自己情绪的奴隶,不应该使一切行动都受制于自己的情绪,而应该反过来控制情绪。无论境况多么糟糕,我都应该努力去支配你的环境,把自己从黑暗中拯救出来。慢慢地,我竟有些麻木了。我在想,如果,如果我年轻一些,也许是愿意和你谈一场恋爱的。但是,有些事情,时机不对,就不应该开始。"

"前几天,我看到一句话,想着可以送给你——很不值得的是,有些人只是为了一些细小的情感而抛出了整个生命,在情感的某一个尖锐点上牺牲了一生的幸福。"

"谢谢你,路鸣。"

"总感觉你会好起来的,李姐,你应该拥有更好的生活,因为,你配得上。"

4

余一得带上官之桃走进他的书房,整洁妥帖,书香气息,是她喜欢的那种。

他打开电脑,敲下了一行行文字。他的灵感再不如年轻的时候,但也不意味着它就荡然无存了。

上官之桃在一旁画设计图,聚精会神。

他们窝在余一得的书房里,像一对相伴已久的夫妻。这段安静、平和的岁月,之后常常出现在他们的记忆里。

上官之桃尝试学习烹饪。有个百无聊赖的傍晚,她跑去超市。半小时后,她拎着购物袋走到地下停车场,购物袋里装了泰国香米、排骨、鸡翅、蘑菇、萝卜、南乳汁。余一得正在车上等她,因为有一场突如其来的暴雨,他担心她,关掉电脑,去接她。她款款向他走来,披散着勾勾卷卷的长发,粉面桃腮,米色风衣搭在手臂,黑色七分袖薄毛衣很紧,热裤短到大腿根,酒红色的打底袜勾勒出一双诱人的美腿。这个女人绝对是 A 城的一道明媚风景线,即便身处地下停车场。

驱车在这场罕见的暴雨里,余一得是欢喜的。这样夜色里的城,就更好了。躲在会行走的铁皮盒子里,任由它往前,有一种决绝的快感。停下来抽烟的时候,看着坐在副驾驶的上官之桃,她则目不转睛地看着窗外。可能是因为雨水,城市的灯火并不太辉煌,而萧条的大概不仅仅是经济,还有情感。他们如此拼命,不过是想证明生存能力和爱的能力。

他们一起回到余一得家,在他那久未做饭的厨房,一起做一顿饭。他套上围裙,戴上袖套,一本正经切菜的样子,让她想起她的父亲苏延年。她把脑袋趴到他背上,笑着说:"我从没想过你会做饭。"

"其实我最擅长的是洗碗,"他也笑,"其实,我也没想过你居然想要学做饭。"

"最近,我听说,想留住一个男人,先要留住他的胃。又说,尘世间没有庸俗的饮食,只有庸俗的饮食者;有卑微的男女,而没有卑微的恋爱。如果把爱缩微成男欢女爱,把世界具体到屋檐之下,那么你要恋爱,就离不开饭桌。所以,爱情注定和饮食难分,饮食注定要和爱情做伴。"

"还学到什么了?"

"还学到——二人同心,你洗菜来我淘米,你理葱来我剥蒜,再将爱意放入油锅煎煮,盛入碗碟摆上餐桌,那我们的这顿饭,就是世界上最美味的爱情大餐。"

"说这些,你自己都不觉得'酸'?"

"有点。"

"只是有点?"他放下菜刀,转过身来,亲了一下她的额头,"我曾以为我不会再有'爱情'了。所以,你一口一个'爱情',我有些不习惯。"

"其实,给你做饭并没那么多好听的理由。仅仅是因为,我想为自己爱的男人做一顿饭,不管它是否可口,但出自我手。我总想为你做点什么,我也应该为你做点什么。"

余一得捏着上官之桃的下巴:"这些,我都知道。"

5

有时,上官之桃和余一得也会去大江边逛逛。大江两边的步行街上多是商铺,却有一处闹中取静的好地方,叫作"别园"。几年前,余一得常来这园子,喜欢它的小巧而不失大气,朴拙而不缺雅致。

那天,上官之桃约余一得到别园。他是后到的,走进园内,便听到一曲《平沙落雁》,初学者的焦虑不安尽在琴声中。只是衬着这晚春的好景致,却也听到一番落寞滋味。

外面的世界再怎么千变万化,别园始终如一,时光似乎与它无关。而身处别园,时光好像也与余一得无关了。那一切,不过就是花开花落、岁岁枯荣、年轮升腾罢了。这回听到古琴声,发现抚琴人的孤寂,竟也听到了他自己。

要不是孤寂离世之现代人,怎么可能修习古琴。几百年的古杉木,埋藏着的故事或者传说,用它造就一把琴,抱在怀里就可带来安然,何况还可轻弹重抚?

循着琴声,发现抚琴的正是上官之桃。她穿着一件月白长袖旗袍,花边镶滚,胸襟处手绣一朵粉色桃花,耳畔亦别着一粒水钻桃花。她对他微微一笑,然后继续低头抚琴——这是他从没看到过的她。

一曲毕,他拍手称赞:"虽是初学,但也有几分样子了。"

"信手续弹无限事,发泄罢了。山水在心中,琴律亦在心中。无山无水无琴,亦是有山有水有琴。画不出的山水,弹不出的韵律,许是最蒙昧也最通透的境界。琴声的空灵源自无挂碍的超脱与神离尘寰的情怀,我可做不到。"

"你会古琴,我也是才知道。"

"读大学时,报了冷门的古琴社,但也没好好学。"

"大概是你总静不下来。"

"我容易浮躁。"

"古琴,我也不懂,但喜欢嵇康的《广陵散》,音壮阔,气昂然。也喜欢《高山流水》,因琴而聚,因琴而散。一把琴,竟能成为冀望所在。"他拉住她的手。

"我喜欢《凤求凰》,但总是弹不好。曲子虽好,我也质疑,卓文君爱上司马相如,应该不仅仅是因为那曲《凤求凰》吧。琴声里,她听到他的洒脱不拘、爱欲不掩、柔情不饰。甚至,他带着几分流氓气质,众目睽睽下用琴音勾搭她,用现在的话说……这家伙摆明了在意淫。真性情而已,何必虚掩,他知道她是同类人,也唯有这样,她才能听得明白。"

"不过是月夜里的一场情挑、怦然心动、众里寻他。"

她靠在他怀里:"你猜,为什么今天别园里只有你我?"

"猜不到。"

"我买通了看园门的,等你进园后,他便关门大吉了。"

"琴声，只给我一人欣赏？"

"也不是，其实，今天是我的生日。"

"你早不告诉我，我应该给你准备一份礼物的。"

"也没什么，我本来就不喜欢春天。往年生日，也是能不过就不过。只是今年，因为有了你，就觉得应该和你一起度过。"

"听你的琴声，好像你仍然寂寞。"

"苏轼的诗——若言琴上有琴声，放在匣中何不鸣？若言声在指头上，何不于君指上听？你迟迟不来，我当然寂寞。"

"之桃，我只知'抚琴君相交听琴士，有琴无琴应自知'。"他轻吻着她的嘴唇，"原来，只属于两个人的别园显得更有意境。"

第 十四 章

剪瞳

1

A 城的又一个秋天。

这个秋天和往常并没有太大的分别，A 城依然有游客，大江依然有游船。

从罗曼史的窗口往外看，大江的景致用"落霞与孤鹜齐飞，秋水共长天一色"来形容并不过分。

路鸣走后，刘太太介绍了她的一个远房表妹过来。她这表妹叫伊那，曾在林五六开的酒店当过大堂经理。林五六入狱后，酒店被拍卖给了另外一个老板。大概是看到伊那姿色不俗，老板对她动了心思，而她则果断辞职，远离了那个是非之地。

刘太太说："我这表妹论长相、论能力，那都是数一数二的。"

"那么好，你怎么舍得介绍给我？"

"自家亲戚，不好管，话说重了难免她要生气，好言好语又怕她太得意。所以，我的店里，是从来不用亲戚的。伊那辞职后，倒也有别的酒店想请她，但她想换个简单的环境。要我说，你这里，就很适合她。而你能够找到这样的帮手，也是造化。"

伊那化着淡妆，衣着极为朴素，话也不多，和刘太太倒是截然不同的两个人。她不像抹茶那样和服务生们打成一片，也不像路鸣那样处处严格要求底下这些人，她只是安静缄默，看起来似乎无所为。大概正因为这性格让人摸不透，那些年轻的服务生却也不敢太造次。对待客人，她也总是保持一定距离。遇到挑理找事的，她只是挂着职业化的笑容，轻言轻语，即便这样，每每总能化解矛盾。和我呢，除了工作上的事情，几乎也没有更深入的交流。

只一次,她看我长久站在窗边,递过来一杯热水,问我:"大江,有那么好看?"

"看久了,就觉得它好。"

"去年,我们一家三口,坐着游船。那时候,觉得大江很好。"

"游船,今年也还可以坐。"

"大概,没那么好了。李姐,大概我表姐还没来得及告诉你吧,我的先生,被判了十年,正在狱中服刑。"

"她倒没有提起。"

"她怕提起了,你会不要我。我一直在找机会告诉你,希望今天对你说这些,还不会太迟。"

"这没什么,和你无关。"

"怎么会和我无关?当年是我推荐他到林总的赌船上去工作的。只是没想到林总那么器重他,两年后他就开始参与赌船的日常管理。十年,应该不算重,和林总比起来。"

"十年,很快就会过去。"

"李姐,其实我表姐把我介绍给你,并不是顾忌我是她的亲戚,而是怕我到她店里会给她带来晦气。你呢,你怕我给你带来晦气吗?"

"在我这里,倒从来没有这个问题。大概你还不了解罗曼史,在这里,我和我前夫离了婚,然后,我一个很好的朋友,也曾是这里的领班,她在去年自杀了。你说,我会怕吗?"

"我会好好工作的。"

"我知道。"

2

这个季节,总能激发上官之桃的灵感。她设计了一款白色风衣,没有扣子、没有腰带,长及膝盖。余一得给这款风衣取了个名字,叫作"剪瞳",出自"眉黛春山,秋水剪瞳"。因为这个名字,她又延伸出了"剪瞳"系列,设计了以白色为主的秋装,白色连衣裙、白色长裤、白色衬衫——每一件都简洁无比。

不管是爱情,还是工作,她总是那么努力,就像她在日志里写的那样——经历某事,路遇某人,你既在选择,也在被选择。我们渴望主动,努力选择那些充盈生命的东西。然而造化弄人,很多时候我们都是被动地承受。要想成为被选择的某个优先,你就要在某个方面出类拔萃。沙子掉在沙滩上,很难再去寻找;若是珍珠落下,结果就会迥然不同。做一颗珍珠,胜过一堆沙子。

有厂商想与上官之桃合作,但她拒绝批量生产,所以,能穿上"剪瞳"的女人并不多。很幸运,我生日那天,她送了一件白衬衫给我,搭配我日常穿的牛仔裤,刚刚好。

此外,我还收到了张克远从尼泊尔带回的一尊白度母佛像。佛像不大,半臂高,但是非常精致:头顶绾着花状的发髻,两肩垂下几绺发辫,身着五色天衣彩裙,耳环、手镯、指环、臂圈、脚镯具足。宝珠璎珞遍体,第一串绕颈,第二串绕胸,第三串绕脐。全身花鬘庄严,细腰丰乳,如妙龄少女;右手施接引印置于胸前,左手当胸结三宝印捻乌巴拉花,花沿腕臂至耳共有三朵,一朵含苞,一朵半开,一朵全开,代表佛、法、僧三宝具足;身发如意白光,结跏趺坐于莲花月轮上。

张克远告诉我,白度母温柔善良,非常聪明,没有能瞒得过她的秘密。

如若虔诚供奉,必能消灭罪孽,救灾救难。比起他,我是一个没有信仰的人。只觉得这白度母异常精美,便小心翼翼地放置在罗曼史大厅的陈列架上。

他半开玩笑地问我:"你有秘密吗？如果有,也可以告诉白度母。"

"说起秘密,我的秘密,你大概都知道了吧。"我笑。

他沉吟片刻,压低声音:"路鸣走了？"

"走了。"

"也好。"

"算是吧。"

"陌陌,能否给我一个机会？"

我沉默。

"我不急。自从你上次拒绝和我一起去旅行开始,我就告诉自己,不必着急。"

我看着他:"你有了那种想法,是从什么时候开始的？"

"什么想法？想和你在一起的想法？"

"嗯。"我点头。

"我只是知道自己想要的是什么样的女人,何时开始并不重要。"

"你是我的证婚人,克远。"

"正因为这样,如果我们能够在一起,这次,你的婚礼就需要另外找一个证婚人了。"

"大概,你需要找的是另一个新娘。"

"以前我一直以为人是慢慢变老的,其实不是,人是一瞬间变老的,甚至,我们不知道在何时,忽然就老了。我不希望到很老的时候,才能和你一起分享人生,即便,夕阳红也很美。这样袒露心扉,无非是我害怕来不及。"

"让我想想。"

3

这个秋天,A城发生了一件不大不小的事。

邱莘的一期直播节目开了天窗,人们没有听到她的声音,听到的是无限循环的一首歌,有人听出是那首《黑色星期五》。后来,有个熟识她的听众在一艘赌船上发现了她,她输光了身上带着的所有现金,当掉了刚买不久的车子,正准备摘下脖子上的钻石项链。她絮絮叨叨说着些什么,没人能听明白,只有一句:"我找余一得。"

余一得去了,邱莘当众抱住他,请求他不要离开。他把她塞进车里,带她回家。上官之桃也在他家,他在邱莘敞开着的皮包里发现了一盒百忧解,还有其他一些镇静类药物。他倒了温水,说服邱莘服药,然后,让上官之桃帮邱莘洗了一个热水澡。

这晚,邱莘睡在余一得的床上。余一得和上官之桃坐在一旁,良久无言。快天亮时,她站起来,说:"我先回家了,工作室还有很多事情要处理。"

他送她到门口,拉过她的手:"邱莘弄成今天这样,我也有责任。你能够理解,我很感激。"

她没说话,只是看着他。

他继续说道:"看邱莘这个状况,也许住院比较好。有件事情我从未告诉过旁人,在我小时候,我母亲也曾有过类似的症状,她就住过院。现在,她和正常人无异了。这种病,又不是绝症,能治好的。"

"抱歉……"

"我母亲虽然是个农村妇女,却也心高气傲。当年,村子里有传言,说我父亲和其他女人有染……我母亲试图自杀,未遂,此后就患上了重度抑郁症。后来虽然痊愈，但我父亲对她一直小心翼翼。"

"一得……"

"听说过吗？每个作家都有一个悲剧的童年。所以，你不必为我感到遗憾。那些穷苦、病痛，也都过去了。只是，我看到邱莘这个样子，真的很自责。"

"邱莘病得很严重？"

"她那些药，我认得，虽然那时候我年纪还小。还记得外婆带我去医院看过我妈，她那些病友的样子，我至今还记得——不管邱莘自己承不承认，她现在已经严重失控了。"

因为药物的作用，邱莘直到中午才醒来。她看到坐在床边的余一得，伸手摸了摸他的脸，他说："你总算醒了。"

"我以为你不会来。"

"邱莘，如果你还相信我，我带你去医院。"

"你也知道我病了？"

"不是病，只是，暂时遇到点小困顿。很快，就能过去。"

"昨天晚上，我没做节目，去赌船上……"

"我都知道。"

"我取出的所有积蓄都输光了，车子也没了。"

"没关系，你不要担心治疗费用。"

"老余，"她起身，抱住他，"不要离开我。"

他没有说话，轻轻拍着她的背。

她继续说着："你不知道我有多无助。现在，我什么也没有了。"

"你还有我这个朋友。"

"趁我现在是清醒着的，我有几句话要对你说，首先，我的病不能告诉任何人，不过……上官之桃已经知道了，昨天晚上她在照顾我……也请你转告她，叫她替我保密。还有，你要陪我去医院。"

"我们会保密,我们也会陪你去医院。"

"我只要你陪。"

4

余一得还没来得及交代上官之桃替邱莘保密,上官之桃就告诉了我。

她的表情有些复杂,说完这些后,又补充了一句:"其实,我很介意他们独处。"

"那又何苦呢? 你大可陪着邱莘,她身边多个人总是好的。我本想去看看她,恐怕不太合适。她这病,大概也不想被别人发觉。"我说。

"我呢,不愿意让余一得觉得我小家子气。虽然他从没承认过她是他的女朋友,只是,他们也有一段过去。人都是有感情的,余一得也是。但感情,总是自私的,我和他,似乎才刚刚开始,并不想被一些人或一些事干扰。"

余一得和邱莘去了 H 城,距 A 城有五个小时的车程。他的老同学胡凌就在 H 城,她帮忙联系了一家各方面条件都很不错的精神病院。打点妥当,邱莘并不肯让他离开,她央求他在 H 城待一段时间,他答应了。

白天,余一得寸步不离陪着邱莘。晚上,他就住在附近的酒店,继续自己的创作。有天夜里,胡凌电话给他,约他出去喝酒。

胡凌说:"听克远说,你办了'停薪留职',要专心搞创作。看来,还是自由身比较适合你。记得去年秋天,我到 A 城出差,见到你们,你那时候的气色可没现在好。"

"他没说自己高升的事?"

"倒也说了,还说了田皑皑的事。"

"皑皑现在出去旅行了,她需要散散心。他还说什么了?"

"他还说,你有了一位女朋友,挺年轻,是服装设计师。听他描述,倒不像是你带来看病的这个邱莘。"

"邱莘现在只算普通朋友。你呢,你最近好吗?"

"挺好。我看你们一个个为了感情神伤,倒觉得单身最洒脱。"

"我可没有伤神。"

"我冷眼看你那么关心邱莘,这也不仅仅是出于对'普通朋友'的关心。还有,你陪着她来看病,你那个女朋友不吃醋?"

"还是她建议邱莘入院治疗的。"

胡凌喝着酒,点了根烟:"克远呢,也有女朋友了吧?"

"你不是和他很聊得来吗?何必问我?"

"去年和我们一起打麻将的,有个叫李陌的女人……他们在一起了吗?"

"这我倒还真的不知道。胡凌,有些机会呢,稍纵即逝的,你应该试试看。"

"不必了吧。"

"你喜欢他那么多年,我不信张克远不知道。"

"老余啊老余,谁说喜欢就一定要在一起的?就是因为喜欢,才不要在一起。有时候,得到就是失去。而没有得到,便永远不会失去。我总以为,当初你和皑皑分手,也是这个原因。你比我还害怕失去,老余。"

5

余一得在 H 城的半个多月里,上官之桃偶尔会主动给他打个电话。倒是他,每天晚上都要在 MSN 和 QQ 上等她,而她总是后半夜才上线。这种等待她头像变亮的感觉,他并不是太喜欢。上官之桃是有意这样做的,她知道这样做可能会换来两种截然不同的结果,一种是余一得会更在乎她;另外一种,她有可能会把他推到邱莘身边去。

这些夜晚,她总是一个人在罗曼史消磨时光。有一次,她遇到了和几个同事一起来喝咖啡的林氚氚。即便邱莘再三要求余一得保密,即便上官之桃只告诉了我,但邱莘的事情早在 A 城传得沸沸扬扬。电台女主播擅离职守,一夜之间输光了身家,随后又闹起了失踪。所以,林氚氚早已经通过一些渠道打听到了余一得带邱莘去 H 城看病的消息。当她看到独坐在罗曼史的上官之桃后,她更确信了这一点。

林氚氚坐到上官之桃对面,说:"原来,你也有落单的时候。"

"有时一个人坐坐,感觉挺好。"

"这几天,余老师怕是不在 A 城吧。"

上官之桃没有说话。

"他带邱莘出城了,我知道。"林氚氚说。

"哦,你什么都知道。"

"上官之桃,你难过了吧?"

"为什么要难过?"

"即使余老师从没告诉过我,但我知道,邱莘以前是他的女人。他带着他以前的女人出城去看病了,而他现在的女人则独自坐在这里。看来,他是个念旧的人。"林氚氚笑看着上官之桃。

"氚氚,你以为最酸的感觉是吃醋吗? 不是的,最酸的感觉是没权吃醋,根本就轮不到你吃醋,那才是最酸最酸的。"

"你……"林氚氚站起来,"你别以为我爸爸现在进去了,我就真的失势了,你就可以说这些刻薄话了!"

"林氚氚,首先,先说刻薄话的是你。其次,你得势也好,失势也好,我都不会把你当成我的对手。"

林氚氚气呼呼地走了。

上官之桃那晚离开罗曼史前,我对她说:"何必与林氤氲计较呢,她还只是个孩子。"

"本来我从不与她计较的。我们在新疆过年时,还觉得她可怜,什么好吃好玩的都先让着她。林太太的美容院开业,我除了和你一样送了花篮,还另外封了红包给林太太。前段时间,我给余一得做饭,有时还会叫她过来吃。一吃完饭,她就腻着余一得问这个问那个,什么工作上的事情,生活上的事情,都要抓着他聊。这都没关系,可是,今天,没来由的,我自己都不以为然的事情,她倒跑来奚落我一番,什么'余老师念旧',什么'以前的女人',什么'现在的女人'! 这都是什么跟什么啊!"

"你在意了。"我说。

"在意什么?"

"在意余一得,在意他带邱莘去了 H 城。"

"李陌,我不在意,就算我在意,也要假装不在意。因为我知道,谁在意谁就输了。"

"如果你真的爱他,你赢了他又会怎样? 恋人之间,需要一较高下吗?"

上官之桃摇摇头:"你不了解余一得。没有什么东西能留住他,除非我一直占着这段感情的上风。"

第　十五　章

旧梦

1

对 A 城来说,这是人来客往的季节。

虽然取缔赌船的余波未尽,但是,如果有人带着全副身家想要拼死一搏,大江是不会拒绝的。林五六的时代过去了,但是那个时代的有些东西并未变——游戏还在,规则还在,玩家亦是那些人。

这个秋天,A 城还来了些不速之客,比如上官之桃的初恋情人曲昂。

曲昂是在余一得回 A 城的前一天抵达的,他径直找到了上官之桃的工作室,坐到她的工作台上,目不转睛地看着她:"我来了。"

上官之桃从未想过这辈子还会和曲昂见面,就好像她从未想过这辈子还会和自己的父亲苏延年见面一样。在她看来,他们是已经消失在这个世界上的两个人。虽然,她偶尔会在一些时尚杂志上看到曲昂,她也总是把他想象成另一个人,另一个从没和自己有过交集的人。

她放下手里的卷尺,折好铺在工作台上的一块布料:"好久不见。"

曲昂打开他随身带着的一只箱子,从里面悉数拿出各种礼物,包括一只名牌包、一瓶香水、一套护肤品、一块手表,他说:"你可能不会喜欢,但这是我的一片心意。"

"有事?"她问他。

"你怎么不问问我是怎么找到你的?"

"这年头,要找个人,又不难。"

"我去找过你妈妈,是她把你的地址告诉我的。"

"为什么找我?"

曲昂跳下工作台,靠近上官之桃:"去年,我从同学那里得知你要结婚的消息,还紧张了好一阵子。这次到你家,听你妈说,你悔婚了。我想,我的机会来了,所以,我不得不来。"

"为什么要去我家?"

"就是要找你,就是想你了,不行吗?何况现在你没结婚,就算你结婚了,又怎么样?"

"你倒是一点都没变。"

"有男朋友?"他搂着她的腰。

她轻轻推开他:"有。"

"没事,我等你。除了我,这世界上没有人比我更适合你。"

"曲昂,你难道不知道我们已经分手很多年了吗?"

他捏住她的下巴,嘴巴凑近她的耳朵,低语:"我不相信你不再爱我。和你分开后,我和那个女人过得并不开心,虽然她能够给我很多,但是,我不开心。所以,我最终还是离开了她。你也是,你和其他男人在一起,是不会开心的。"

"喔,"她笑,"是你在她身上得到了你想要的,她对你不再有利用价值了吧。"

他狠狠抱住她:"之桃,你放心,这次我不会再错过你。我要带你走,留在这里对你的发展没有任何好处。跟我走!"

"曲昂,我们回不去了。"

"这么多年,我一直爱着你,一直在等待时机。"

"世界上有很多的东西是可以挽回的,譬如良知,譬如体重。但是不可挽回的东西更多,譬如旧梦,譬如岁月,譬如对一个人的感觉。并不是每个女人都可以像《梵蒂尼的早餐》里的霍莉,经历过那么多欺骗浮夸,回过头,依然有个爱她的人等她。显然,我没有这种运气,也从不相信自己会有这种运气。何况,我不再爱你。"

"这么说,你是在拒绝我?"

2

邱莘和余一得在医院的小花园里散步。

花园小径的两边种着桂花树,开得热烈而浓重,香气里带着化不开的甜腻。只是仔细去嗅,这甜腻里有着不易察觉的苦涩。

她忽然笑起来:"以前读到一句话'自从得了精神病,我的精神就好多了',原来,这是真的。"

"抑郁症,不少人都有,只是轻重之分。这阵子我查了很多资料,也与你的主治医师聊过,只要你安心治疗,肯定能痊愈的。邱莘,我今天下午就要回去了。医生建议你再住一段时间,等你再回 A 城后,一切都会好起来的。"

"老余,我让你受累了吧?"

"没有。"

"我从没怪过你的,要怪也只怪宿命。"

"你信命?"

"从我离婚后,我便信了。后来遇到你,以为能够不一样些,到底还是一样。"

"常和花鼻子闲聊,虽然他的一些理论有点道理,但我以为能决定命运的最大因素仍然是我们每个人的性格。"

"或许是我太较真? 我的前夫不过是给他的女同事买了一双鞋,我便要和他离婚;在你和上官之桃的关系还未明朗时,我就要和你决绝。"

余一得折了一枝桂花给邱莘:"花有开时,也有落时。"

他们在一张长椅上坐下,她握着他的手:"和以前一样,一入秋,你就手脚冰凉。"

他没有说话，她顺势靠到他身上，"我们再也回不去了，就像从没开始过那样。想来，大概只是两个寂寞的人一起凑个热闹吧"。

他能够想起的，初次见到的她——月白长裙。绑带细高跟凉鞋，衬着一双很小巧的脚——如果放到他掌上，应该刚刚好。在一个饭局上，他和她伸出筷子，夹到同一片西兰花，都笑起来。他们说，她缺一个伴，她需要保护，需要包容。他记下了后半句。

她想的是他以前发过的那些字斟句酌的短信，每一条都小心翼翼。怕戳破什么，怕击碎什么，怕摧毁什么。还有那些为数不多的通话，言简意赅。声线低沉，语气和缓。

有个夜晚，他们站在城南桥上看月亮。

他说："如果……"

她问："如果什么？"

然后是沉默，大段大段的沉默。抬头看，月亮没留下一丝痕迹。

如今，在这医院小花园，她靠在他怀里。他说："从不以为你很强大，你没有能力独自担当。你有朋友，比如我。"

"我不是懦夫，当然，我也不是强者。只是一个普通的对生活空有满腔热情的人。一个以为付出一百分就能得到一百分的人。不允许被欺骗，不允许被背叛，不允许被蒙蔽。寻找真相，哪怕被真相伤得体无完肤。时光就是一把已经被我打磨得锃亮的剑，然后，我死在自己手里。始作俑者，就是欲望本身吧。"

"我希望你能够好。"

"我可以，"她说，"真的。"

"有没有想过以后？"他问。

"以后，以后会更好。"

"那是当然。"

她知道他不会再问下去，事关分寸和原则。

他们谈论着没有未来的未来，也怀念着没有曾经的曾经。宿命没能够给得更多，包括一段葱茏茂密的情感。微凉绵密的雨，吹起一江秋水的风，洒在乡间小道的光，都好像是别人的故事。爱，如果有爱，究竟也耗尽了，连恨都一起荒芜。所以，他们终于可以无话不说，却也无话可说。

3

既然曲昂来了，上官之桃还是想尽点地主之谊。她带着他去游船上吃晚饭，新鲜的鱼汤很合他的胃口。饭后，他提出找个地方喝两杯，她犹疑了一下，还是同意了。无论他以前是如何待她，总归，他是她的第一个恋人——每个女人都有这样的情结，她当然也不例外。

他们在不夜城找了家小酒吧，曲昂喝了很多，上官之桃也有些醉了。醉眼蒙眬里，她看到他走到酒吧中间的小舞台上，拿起话筒，说要为她唱首歌。如果她没有听错，是张国荣的《取暖》——她大一时，曲昂在圣诞晚会上唱的歌，她很喜欢的一首歌。他们分手后，她便不再听，只是旋律和歌词会在不经意时闪现在她的脑海里，就差她开口哼唱——

暗夜的脚步是两个人
一路被紧紧地追赶
而你的眼神依然天真
这是我深藏许久的疑问
往天涯的路程两个人
不停地堕落无底深渊
握紧的双手还冷不冷
直到世界尽头只剩我们
你不要隐藏孤单的心

尽管世界比我们想象中残忍

我不会遮盖寂寞的眼

只因为想看看你的天真

我们拥抱着就能取暖

我们依偎着就能生存

即使在冰天雪地的人间

遗失身份

我们拥抱着就能取暖

我们依偎着就能生存

即使在茫茫人海中

就要沉沦

然后,上官之桃哭了。她的生活里应该有比这更值得哭泣的时候,比如她的现任男友正陪着他的前任女友。她不以为他会比她坚定,这段感情,其实她并无胜算。即便是她这样决绝的女人,一意孤行来 A 城寻找她的爱情,却也只是一次赌博。她不确定自己和余一得是否有未来,或许有天,他们终究陌路——而她所做的一切,她付出的所有,这些,又到底是为了什么?

她甚至想起了潘小瑞,那个差点就成为她丈夫的男人。假如没有这次逃离,没有这次寻找,没有这次义无反顾,他们应该像无数怨偶一样开始了虽然沉闷而中规中矩的婚姻生活——大概,也没有什么不好。

曲昂唱完后,走下台来,抱住上官之桃:"别哭,我送你回家吧。"

在她的卧室里,他看到了那个桃形小相框,他有些意外:"之桃,你还留着它。"

"只是喜欢。"

"还有些别的原因吧,比如它是我送你的第一个礼物。"

酒精让她有些头晕目眩,她跑进洗手间,洗了把脸,之后对他说:"挺晚的了,你该走了。"

送他到门口,他忽然在楼道里紧抱住她,声控灯亮了,但她始终觉得他面目模糊。他吻上她的唇,推推攘攘之际,听到一个熟悉的脚步声——她没有猜错的话,应该是余一得。

在还有五步距离时,余一得定住双脚。

曲昂扭过头去看他,但并未松开上官之桃。

余一得捧着一束玫瑰花,似笑非笑。没等上官之桃开口说话,他便顺手把花束扔进了边上的垃圾箱。而后,扬长而去。

楼道里的声控灯暗了,一切,都显得安安静静。

4

这个秋天,我们再也没有看到过余一得。有人说他去了 H 城,照顾邱莘;也有人说他只是待在家里创作,不屑出门。要弄清楚这个,上官之桃其实只需给他一个电话,但她没有。她始终以为,如果他相信她,他迟早会出现。

她觉得解释是多余的,一切都显得合乎逻辑——余一得在 H 城的日子里,她很少主动联络他,在他忽然回城想给她一个惊喜时,她则被另一个男人抱在怀里——爱的力量大到可以使人忘记一切,却又小到连一粒嫉妒的沙石也不能容纳。

而爱情,仅仅有爱意是不够的,剩下的情分要用相信去维护。她和余一得,从来都不相信彼此。又或者,他们从未相信过任何人,包括自己。

直到有天,上官之桃收到一封邮件,来自林氤氲。邮件里只有一张照片,是邱莘和余一得的合影,她挽着他的手臂,笑容满面,应该是在 H 城。

上官之桃删掉邮件,关了电脑,来到罗曼史。罗曼史就是这样的地方,它和 A 城一样,不管谁经历了什么,或悲或喜,点杯咖啡坐下,它们仍然如往常一般人来人往,并不会为谁而改变。

要是她不主动提及余一得,我也只当一切都未发生,就好像一年前她初次来到罗曼史——唯一的不同是,彼时她在寻找,此时她在等待。我知道她在等什么,以她的思维和对感情的处理方式,她等的是余一得先低头——她在考验他。

那段时间,上官之桃总喜欢在罗曼史独坐。除了她之外,另外有个人也常来,他就是周御。当然,我开门做生意,没理由拒绝任何一个客人。

周御总是下午来,点一杯圣多斯。身为前任老板,他所能享受到的特殊待遇是无限续杯,偶尔会附送他一对刚出炉的蛋挞。

有一次,他叫我过去,对我说:"能请你喝杯咖啡吗?"

这句话倒是似曾相识,当年我们还在读大学,他还是那个自习室里每天坐在我后排默默翻书的男孩子,不知怎么,有天他忽然鼓足勇气拍了一下我的背,问我:"能请你喝杯咖啡吗?"

时隔多年,我们经历了恋爱、结婚、离婚,他又再婚,如果再坐下来追溯前尘往事,似乎并不合适。我推说忙,他笑道:"不过是坐下来聊一聊,你不要多心。"

我正襟危坐,他继续说道:"这些年,真不知道你是怎么撑过来的。"

"总不能让罗曼史倒闭吧。"

"开个咖啡馆本来是我的理想,你却比我更执着。"

"不然呢?除了这个,我还真想不出自己能做什么。"

"李陌,也许是年纪大了,最近我总在回忆以前的事情。如果那个孩子,你能生下来,已经上学了。"

"其实,我不想提这些。"

"前段时间,我一直在想,爱上一个人容易,等平淡了后,还坚守那份诺言,就不容易了。在平淡的时候,遇见另一个让自己动心的人,总会觉得自己应该跟着感觉走,离开旧人,去追求此刻感受到的惊心动魄的真爱。其实再过些年回过头来看,也不过如是,激情是会变麻木的。"

"你不会是又喜欢上别的姑娘了吧?"

"没有,我只是明白了一个道理,当在爱里伤害了别人,最终自己也会受到伤害。大概,你永远不会原谅我吧。"

5

我说过,A 城没有秘密。

在麻将桌上,刘太太她们告诉我,季恬然离开了周御,带着她还未出生的孩子。刘太太又说,那孩子本就不是周御的。她们说给我听,想看看我是如何在周御今日之不幸里得以解脱的。遗憾的是,她们没有看到,因为我的表情有些淡漠,淡漠得像在听陌生人的流言蜚语。

其实我希望周御和季恬然能够白头到老,这话大概没有人会相信。有时候我想,周御花了那么大的气力,舍弃了我,舍弃了罗曼史,那么命运应该给他一些对等的东西——比如一段他认为完美的感情和婚姻。不然,太可惜了。可惜了他的决绝,也可惜了我的成全。

我不是太相信,便想从张克远那里得到一些佐证。他说周御的境况一直不好,与我离婚时几乎是净身出户,找的工作又都不太稳定,本想自己开间酒吧,但季恬然不太支持。相反,她的保健品商店生意倒是很好。慢慢地,两个人就有了差距,争吵是家常便饭。她怀孕是真的,但外面到底有没有男人,张克远也不清楚。不过这两口子已经在办离婚了,周御很有可能要再次净身出户。

张克远说完这些,问我:"你心里还有他吧?"

"什么叫'有',什么叫'没有'?"

"你还爱着他,是吗?"

"我想,我们都不懂爱。不懂,是因为我们缺少爱。像我们这样的完美主义者,对爱情总是太过苛责。既然说到这个,我倒很想问问你,那你说,什么是爱?"

"在这个城市,这个时代,对很多人来说,爱已经成为稀罕的经验。是的,它被谈论,拍成电影,写成小说,录制成歌曲。我们可以在电影、电视、电台、杂志里看到和听到——一个巨大的产业链,它不停地给你灌输爱的概念。许多人不断地涉及这个问题,帮助人们理解爱。诗人、剧作家、小说家——他们从未停止过。但爱仍然是一种未知的事情——而它本该是最熟悉的事情。你这个问题,就好像有人来问'食物是什么'一样,似乎他从小就一直饿着,从来就没尝过食物一样。产生问题的根子是同样的,所以你才会问'什么是爱',在我看来,爱是灵魂的食粮。但是你一直饿着,你的灵魂根本没有接受过爱,所以你不懂得品尝。"

我笑起来:"说了那么多,原来是拐弯抹角批判我。"

"你总是这么一针见血。我说这些,还有另外一层意思,是想问你,上次你答应我考虑考虑的那件事情,到底考虑得怎么样了? 为了等你,我把假期都延后了。"

"原来你那么没耐心。"

"也许很多很多年后,A 城会流传这样一个故事:有个男人终生独身,因为他要找一个完美的女人。当他八十岁时,有人问他:'你一直在寻找。难道就没发现一个完美的女人? 一个都没有吗?'老人说:'是的,我曾经遇到过一个完美的女人。'那个人又问:'然后怎么样了? 为什么你不和她结婚呢?'老人很悲伤,他说:'因为,那个女人也在寻找一个完美的男人啊。'"

"会有这样的故事?"

"如果你不答应我,就会有这样的故事,而且男女主人公此刻就坐在这里,坐在这里看着光阴短了一寸又一寸,却又战战兢兢不敢去爱。"

"你确定你今天说的这些话没有打过腹稿?"

他点头,笑道:"一周后出发,去云南。你准备准备。"

"我……"

"陌陌,这世上,每天都有车祸,但每天都有人在开车——就好像每天都有人失恋、离婚,却还是不断有人要恋爱、结婚。你怕什么?"

第 十 六 章

病 人

1

上官之桃也问我:"不过是一次旅行,你怕什么?"

我当然害怕,害怕有了希望,害怕因为这希望而再次失望。

对张克远,并非没有好感,他也确实是一个值得托付的男人。更多的原因,在我自己这里。

"你和我,大概都患上'爱无能'了。"她说。

我摇头:"其实你大可不必这样,既然你知道余一得在哪儿,去找他就是了。"

"他和邱莘在一起,我去算什么? 我连电话都不想给他打,更别说去找他了。"

"去年是谁兴冲冲跑来 A 城找余一得的?"

"这不一样,去年,他还不曾属于我。"

"你仍然是那个理论,谁先低头谁就输,是吧?"

"倒不全是。我只是不习惯去找快要失去或者已经失去的人,就像当年我父亲忽然离开,我没有去找,也从来没想过去找。再比如曲昂当时抛下我,我也不曾找过他。这次他回头找我,我也绝对不肯与他复合。不再属于我的人,不管是因为什么原因,什么苦衷,他们都已经不属于我了。"

"余一得不一样,那晚的事情,你是可以解释的。"

"解释? 他带着邱莘去 H 城看病,我就已经疑心重重了。换个角度想想,他可是亲眼看到曲昂在吻我,他会怎么想? 我解释,他可能会信。但是信任已经破坏掉了,这感情便不再纯粹。"

"你想得太复杂了。"

"这次,我不能再找,我要等。他不会躲着我一辈子的,他早晚会回

A 城。"

来罗曼史时,上官之桃总会随身带一本书,是余一得早年写的《洪荒时代的病人》。我翻了翻,书的扉页上写着:我们都有伤疤,内在的或外在的,无论因为什么原因伤在哪个部位,都不会让你和任何人有什么不同。除非你不敢面对,藏起伤口,让它在暗地里发脓溃烂,那会让你成为一个病人,而且无论如何假装,都永远正常不了。

我不认为她有耐心认真阅读这么一本不算太有意思的书,但我认可余一得的观点。害怕接受一段感情的女人也许比比皆是,我绝对不是唯一的。自从二十岁那年遇见周御,我就想,大概自己这辈子再也没法这么认真去爱一个人了。不管别人信不信,但我觉得爱是易耗品。爱的能量是有限的,所以,爱的能力也是有限的。如果挥霍得太彻底,到最后,就会丧失掉心里的爱。

一个对爱冷漠,不想再爱的人,往往是很深很深地爱过;看起来好像百毒不侵,其实早已百毒侵身。即便像上官之桃这样不顾一切跑到 A 城来寻找余一得,她要找的也许并不是余一得本身,而是她丢失已久的爱——再怎么找也找回不来的爱。

2

隔了两天,胡凌来到罗曼史。

胡凌说她对 A 城的秋天念念不忘,即使再忙也要抽空过来玩几天。她还带了 H 城的特产给我,是两罐包装精美的茶叶。

我想起还在 H 城的余一得,就顺口问了问。她说余一得在 H 城临时租了一套单身公寓,打算在那里写完手头的一部书稿。还说邱莘的病已经大好,行为举止已和正常人并无两样。

我再追问下去,就显得有点八卦了,见我欲言又止的样子,胡凌说:
"我只奇怪,他怎么会舍得刚刚交往不久的女朋友呢?"

我指指坐在邻桌的上官之桃:"那么好的姑娘,我要是他,我肯定舍
不得。"

"是她?"

我点头。

在我的介绍下,胡凌和上官之桃算是认识了。

"老余一个人孤孤单单在 H 城,你应该去陪陪他的。"胡凌对上官之
桃说。

"应该不会孤单吧,邱莘不是也在那里吗?"

"对老余来说,女朋友可比朋友重要。"

"他要照顾邱莘,还要写作,我不想打扰他。"

"倒也是。上个月有个姑娘来找他,他嫌麻烦,还让我当导游,带着那
姑娘满城转悠了一圈。"

"林氤氲?"

"嗯。我明天就回 H 城的,要不你跟我一起去,给他一个惊喜?"

"不用了,我还是在这里等他吧。"

晚饭是张克远请的,上官之桃没有出席。饭后,胡凌提出到刘太太那
里去打麻将,张克远和我也只好作陪。刘太太又恢复了以往的好气色,倒
是她,什么都不怕,什么都难不倒。

吃过夜宵之后,胡凌问我:"还记得去年我们一起在江边看过的日出
吗? 极美。我上次把相机放酒店了,这次说什么都要去拍几张。你还愿
意陪我去吗?"

还是那个小码头,还是那张长椅,太阳,当然也还是那个太阳。不过,
看日出的我,心境有些不一样了,所以,胡凌会问:"李陌,你看起来没有那
时沉静了,是有心事吧?"

"去年,发生过一些事情。我很要好的一个朋友,溺死在这大江。还有些别的,琐碎的,不知怎么向人倾诉的。"

"A城倒是热闹依旧,还有那小岛,是叫不夜城吧,那小岛,即便这样远远看,也能感觉到歌舞升平。"

"有时候,我会希望自己只是个游客。像你一样,想来的时候,就来;待腻了,就走。"

"你可以啊,你可以出去走走。"

"A城这个地方,有种很奇怪的吸引力,住得越久,越走不了,也走不动。明明知道没什么可以留恋,也知道没什么值得牵挂,甚至也知道它歌舞升平底下的破败不堪,却还是赖在这里。"

"李陌,想过找个人陪伴吗?"

"偶尔。"

胡凌笑了笑,一边拍江景,一边对我说:"老张都跟我说了,你可以答应他的。我以前一直以为他不懂浪漫,原来他的浪漫只有遇到对的人才会释放出来。不瞒你说,上大学的时候我特别特别喜欢他……"

她顿了顿,放下相机:"现在,也是。"

"他知道吗?"

"他应该是知道的。不过,他知道或者不知道,对我来说,没有特别重要的意义。爱一个人是有很多种方式的,我只希望他好好的。年轻时,他喜欢田皑皑,我希望他能追到她;后来,他结婚了,我希望他们白头偕老;再后来,他遭受丧妻之痛,我希望他能挺过来;现在,他想和你在一起,那么,我便希望你能答应。"

我的眼眶有些湿润了,看着胡凌,一时说不上话来。

她拍拍我的肩膀:"李陌,老张是个认真的人。他大概不懂你说的什么胭脂色的太阳,但是,他愿意成为你的太阳。"

3

我已经很多年没离开过 A 城了。

和周御在一起时，还会出去走走。那时他总说有天挣够了钱，要去环游世界。"环游世界"大概是年轻人才会有的梦想，年纪大了，扎下根来，觉得哪里都不如脚下这片土地，即便这土地并非自己的故乡。何况，我并不知道自己的故乡在哪里，至少，不太确定。三岁那年，不能生育的养父把我从那未知的故乡带回，我便永远失去了我的故乡。因为从未拥有，其实也不觉得遗憾。真正遗憾的是十二岁那年养父母离婚，此后，我跟了养母。十六岁时，养母再婚，而后生下一个男孩，我终于成了一个多余的人，一个没有家的多余的人。

四年前养父病逝，养母亦赶去参加葬礼，她对我说："当初他领你回家，就是想将来走了能有人送终，现在，他如愿了。陌陌，如果你想知道你的生身父母在哪里，我可以告诉你的。"

我摇头："不用了。"

周御曾说："陌陌，没关系，我会给你一个家，一个温暖的家，还有一个美好的未来，属于你我的未来。"

我相信了他。轻信是要付出代价的。又或者，它是成熟的代价。因为成熟，换来的是更多淡漠。这是我的病。

每个秋天，我在罗曼史的窗口往外看，各种人，各种景，那些交织的喜悦与哀愁，昂扬与颓败，也以为，A 城就是我的故乡，我爱它。就像那伊说的，这世上，再没有比 A 城更好的地方了。

"但是，要想在这里更好地活下去，你是该有一个伴的。不然，这么美好的秋天，谁陪你去大江坐游船呢？"那伊又说。

这天夜里,我在罗曼史的小隔间里打了个盹,做了一个浅浅的梦,然后是从未有过的一种清醒,就好像这辈子已经完结,我从孟婆手里取过那碗汤,喝下,开始新的未知的充满新奇的下辈子。于是,我给张克远打了电话,我说如果有时间,我想和他见一面。

他匆匆赶来,我给他倒了一杯茶,问他:"为什么?为什么想和我在一起?"

"除了爱,还有些别的。爱上谁并不难,想和谁厮守是要勇气的。陌陌,你和我一样,我们都是隐忍的人。隐忍着的伤,隐忍着的痛,隐忍着的爱,隐忍着的怨——隐忍的人生。这份隐忍,在这浮躁的世间,难能可贵。这个时代,本身张扬,很多人为了迎合它,走着他们想当然的捷径。但你我这类人,我们没有捷径,唯有一点点情绪,亦步亦趋。我不想被谁扰乱步伐,而你,你是那个能够和我同步的人。"

"机票买好了吗?"我问。

"两张。后天启程。"

"你怎么知道我一定会和你同行?"

他笑了笑,不说话。

4

整个秋天,余一得几乎都在 H 城。

离开 A 城那么久,是十六年来从没有过的。

他在邱莘所住的医院附近租下了一间小公寓,专心创作。邱莘的病情已经好转,医生也会准许她出去走走。她会买点菜,到余一得的小公寓,给他做点简单的饭菜。偶尔,在夕阳很美好的傍晚,他们会在医院周边散散步。只是,他们不再有肢体接触,哪怕是一个很自然的拥抱。

余一得在写一部叫《半城烟沙》的长篇小说。已过四十岁的他其实很少做梦,或者不再做梦。他的睡眠不好并没有体现在噩梦上,而是失眠。失眠的夜晚,他便打开电脑,敲上一大段一大段有时候他自己都理解不了的文字。

有些夜晚,他会到酒吧喝一杯。看着那些穿短裙和细高跟的姑娘,他会想起上官之桃。偶尔也有女人来搭讪,他似乎已经不再是那个可以和异性周旋的男人,他显得单调、乏味,是那么的不解风情。

其实,余一得很清楚,上官之桃对他来说,好像是过于美好了。他不以为自己还可以拥有美好。所以,当看到她被另一个男人抱在怀里,他决定退出。这个决定对他来说,有些艰难。他也想过给她打个电话,他也想过这也许是个误会,但他到底还是退却了。那个男人,高大、英俊,重要的是,足够年轻。只有年轻的男人,才可以盛放上官之桃对未来的欲望,那些充满想象力的欲望。她值得拥有的生活,并不是他余一得能够给予的。

有时,他还会想起前妻。前妻在国外已经有了男朋友,和她年纪相当的华裔商人。不出大问题的话,他们是要结婚的。这也是一年前她急匆匆要和他离婚的原因。然后,她对他说:"你和邱莘的事情,别以为我不知。但我以前懒得和你说道德,因为你从来不是道德能够束缚住的。你这样的男人,本就不该结婚,你不会满足于谁。"

余一得并不想深究,爱与性,男与女,沉迷这些领域的话,永不可能成为大师。而爱的纯正与性的纯粹,男女之间的忠诚,并非道德能够约束——前妻大概曲解了他的意思,但他不必解释。

年轻时,他喜欢哲学,又特别崇拜萨特。萨特曾说,除了人的生存之外没有天经地义的道德或体外的灵魂。道德和灵魂都是人在生存中创造出来的。人没有义务遵守某个道德标准或宗教信仰,人有选择的自由。

后来他才明白,人的确有选择的自由,但有些时候,"选择"本身就是身不由己的一件事。年纪越大,能够选的就越少。有些东西不能再吃,比如太油腻的、太甜腻的；有些运动不能再做，比如高风险的、高难度的。

他想趁还不是太老的时候，从桎梏里脱离出来，做点自己喜欢的事情。让他有这勇气的并不是他自己，而是上官之桃，那个也许永远都不会专属于他的女人。所以，他每写完一段文字，总是要想她一次。这想念来势汹汹，势不可当，而又不得不挡。他的烟瘾加重了，指甲熏得蜡黄。唯一剔透、洁净的，恐怕只剩下他的灵感了。

5

我答应了张克远。

我们要一起出去走走。这也意味着，如果高兴，我们可以走得更远。

出发前一天，我正跟那伊交代店里的日常事务，林太太忽然来找我。

她不是空手来的，还带了自己亲手烘焙的曲奇饼干。

也许是看出了我的讶异，她说："早就想来看看你，一直忙。不过，也是无事不登三宝殿，我有话要和你说的。"

我们找了个包厢，坐下，她环顾了一下，然后站起来，将门反锁："李陌，今天的到访实在唐突，但我也是没有办法。"

我没说话。

"想必你是知道的，"她继续说着，"我的婚姻已经失败，但我不想我的女儿在情感上也备受煎熬。"

"我能做什么？"我问。

"我喜欢你的开门见山，"她笑，"听说余一得和上官之桃已经分开了？"

"大概吧，"我说，"你就是来求证这个的？"

"也是，也不是。你是上官之桃的密友，你说的话，她想必会听。如果可以,你应该劝劝她,让她珍惜和余一得的感情。只有他们好好在一起,氤氲才会死了这份心。死了心,才能开始新的生活,不是吗?"

"你怎么料定我会答应你。"

"你希望她过得好,不是吗? 我们都是女人,你我又都是经历过不幸婚姻的女人,你看,我们这样的女人,没有做错任何事,不过就是因为爱上了一个男人,所以就比他们卑微,比他们渺小,被他们轻蔑,被他们看不起,被他们不珍惜。我不想氤氲重蹈我的覆辙,仅此而已。"

"我劝过上官之桃的,"我说,"我倒觉得,氤氲年纪小,过段时间自然会好,你不必担心。"

"今天我来,其实还有别的原因。听说你和张克远……"

"A 城还真的是没有秘密。"

"张克远是氤氲的领导,我们家如今失了势,更要珍视每个可以扭转命运的机会了,你不要笑话我。"

"我没有。"

"如今我并没有朋友,大概你也不会愿意做我的朋友。我打听过你,知道你平素为人很好。其实,你劝不劝上官之桃不是特别重要的事情,重要的是你往后能够多关照关照氤氲。万一我要是出了什么事,也能放心些。"

"我能关照氤氲什么呢?"

"如果她在情感上不如意,至少还有一份体面的工作。我现在还能保她,以后,以后可就难讲了。"她说,"请理解我为人母的心情。"

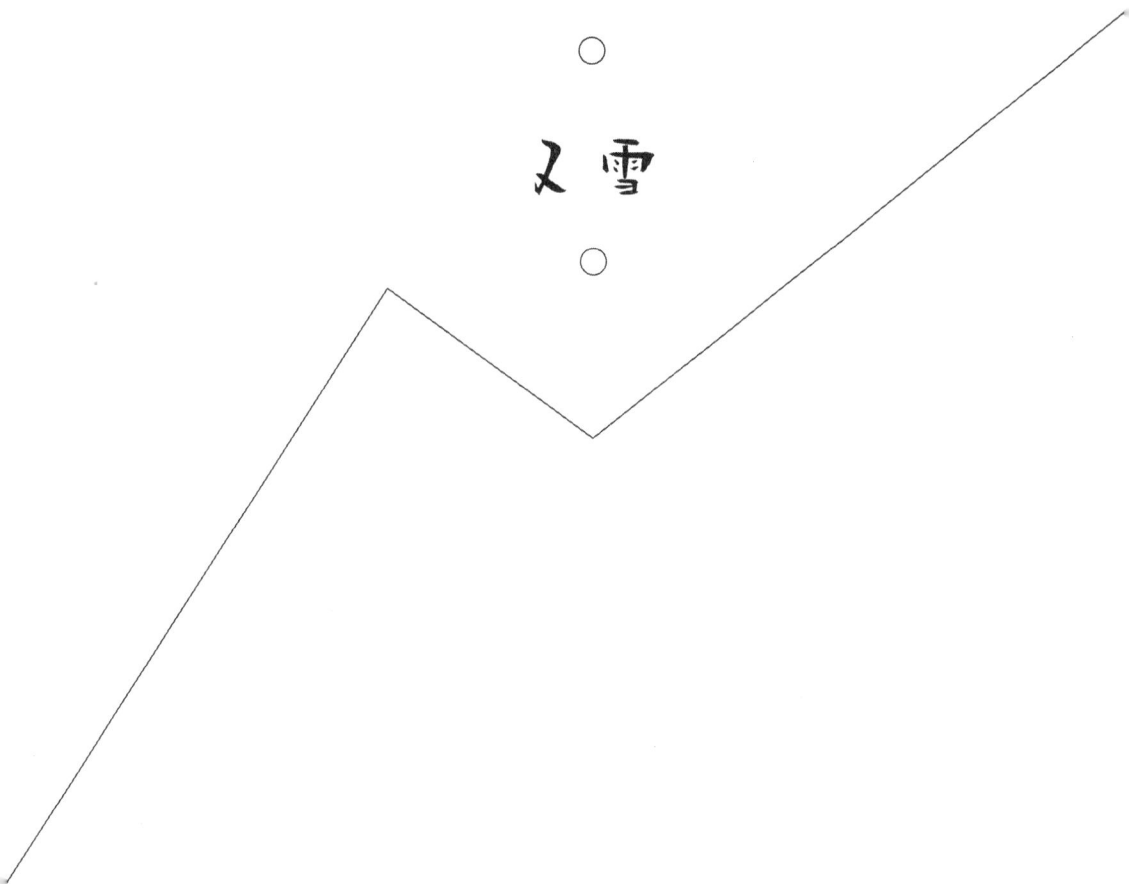

第十七章

又雪

1

我和张克远领结婚证这天,A城下了一场雪。

不过才初冬,这场雪像是上天的恩赐。

他拉着我的手,走在雪里,倒还真像一个梦。

"周御要离开A城了。"他忽然说。

"今天算是我们大喜的日子,你提他,合适吗?"我问。

"你这性格,如果他不能够好好的,恐怕你会不安。我只是想让你放心,离开A城,他去闯荡一番,也未必不是好事。我们和他,还应该是朋友。虽然,他可能不会把我当朋友了。"

"他倒不是小心眼的男人。"我笑。

"你也不是小心眼的女人。寻常女人,如果遭遇你所遭遇的,看到前夫落魄,多是幸灾乐祸的。"

"我只觉得可惜,替他遗憾。"

"因为他的祸,我得了我的福。命运,本就奇妙。"

"花鼻子说我会遇到贵人,想来这贵人就是你了。"

"你信他?"

"我信这个。"我从包里拿出那对核桃,把玩久了,它们有了一层淡淡的光泽。

与张克远一起旅行的日子,没有什么大惊喜,却也安安稳稳。这种安心的感觉对我来说很可贵,上官之桃说那应该是"相互依靠"的感觉,她说她不会再有了,至少,她和余一得不会再有。

我终于下定决心要去成就一段姻缘,发现爱情的底蕴该是轻柔的,这轻柔不是抓不住的云彩,而是一个合意的枕头——绸缎做面、蚕丝做芯,能靠能枕也能抱。切实地拥有,才是爱情的本真。

听闻我的婚讯,最开心的是刘太太,她说教唆我那么多年,总算是小有成就了。自从戴上张克远送的婚戒,我打麻将的手气竟也好了很多。平时一起打牌的太太们都说我好福气,二婚都能嫁得那么好。

既然是二婚,说好不必大操大办,但草草了事似乎也说不过去,决定请朋友吃顿饭,算是庆贺。

是通知了还身在 H 城的余一得的,我有自己的私心,想着借这顿饭让上官之桃与他见上一面,能够缓和两人的关系自然最好。如果不能,我也算是尽力了。

刘太太穿得比我还喜气,她带了她家老刘一起出席,一副恩恩爱爱的样子,之前那些事情就好像从来没有发生过。所以,我敬佩她并不是没有道理。

上官之桃精心打扮过,白色呢子大衣里面是一件紫色的小礼服,她说紫色是伴娘应该穿的颜色,虽然我这个简单得不能再简单的婚礼并不需要伴娘。她略有些消瘦了,又穿了露出锁骨的小礼服,显得很纤弱。这让我想起第一次见到的上官之桃——只一年,她到底有些不一样了。

田皑皑也出席了,这大半年来,她几乎走遍了大半个中国,已经算是资深背包客。皮肤虽然不再白皙,但小麦色看起来十分健康。她和我们说着在西藏徒步的趣事,然后郑重地拿出两串紫檀佛珠给我和张克远,说是结婚礼物。

余一得迟迟没来,快散席时,张克远才接到他的电话。

2

原来,余一得出车祸了。

匆匆离席,张克远、田皑皑、上官之桃和我,一行人慌忙往医院赶,在急救室门口看到了余一得。

除了头上绑着绷带,他看起来似乎完好无缺。

张克远好像松了一口气:"没事就好,没事就好。"

余一得看到了站在我身边的上官之桃,走近她:"之桃,邱莘被我害了……"

"你说什么?"她问。

"她躺在急救室里,怕是……救不了……医生说的……"

张克远叫上田皑皑:"皑皑,走,我们去找医生,问问到底出了什么状况?"

他没忘嘱咐我:"这里,你盯着,老余骨子里冲动,别让他做出什么出格的事来。"

上官之桃抱住余一得:"没事的,她会好的。"

他推开她:"都是我,之桃,都是我的过错。雪天易打滑,她提醒我多次,叫我慢点开,我不听。她坐在副驾驶,对面那辆车开得飞快,灯那么亮,朝我们驶过来,我来不及减速,方向盘一转,下意识里,方向盘一转,就撞到了!撞到了她,撞到了她坐的副驾驶座!我应该知道的,知道副驾驶座不安全。之桃,你说我怎么那么糊涂!"

"你坐好!"上官之桃竭力把他按在急救室门边的长椅上,"什么都别说,我去给你倒杯热水。你别激动,小心伤口崩开。"

上官之桃脱下大衣,盖到余一得身上,转身去倒水,他一把拉住她的手:"别走,之桃,现在,别走。"

"我去吧。"我说。

等我捧着一杯热水回来时,见到上官之桃和余一得紧紧抱在一起。张克远和田皑皑也从医生办公室回来了,看到我,他们只是轻轻摇着头。再笨的人,也知道这种摇头意味着什么。我感到有些冷,握紧水杯,靠着墙，一时间不知道该怎么办。

从余一得和上官之桃的对谈里，我们得知余一得已经完成了《半城烟沙》的初稿，邱莘也已可以出院，她对新生活有自己的打算。电台的工作怕是保不住了，她想开一家自己的桌游馆。余一得说，如果她想开，钱的事情，他会想办法。因为要参加我和张克远的婚宴，他们便一起回 A 城了。

车子已经驶进 A 城，看到下雪，邱莘很兴奋，她还特地摇下车窗往外看。余一得说，这段时间以来，他第一次看到她这么开心。他知道她已经痊愈了，她应该能够开始全新的人生的——如果，如果急救室里的她能够渡过这个难关，她应该能够开始全新的人生的。

3

如果。

如果不是因为这事故，按照我和张克远的安排，现在，我们应该在不夜城的 KTV 里高歌。可是，也正是因为我和张克远的安排，我们本来善意的邀请，这归途，也许就要变成邱莘的不归路。

对新婚之夜，我有无数种想象，只是没想过会在医院里度过。田皑皑叫我和张克远先回家，她说："毕竟今晚是你们的洞房之夜，医院不是个吉利的地方，你们还是早点回家吧。"

张克远说："我担心老余，怎么能就这样走掉？"

"当年你要是能这么想，始终和我们站在同一阵营，你和他的关系就不会弄得这么不尴不尬了……"她看着他，"不提了，不提也罢。不管老余是否需要你，你有这份心，有这份心就好。"

"我们始终是朋友，皑皑，这些，你可能不会明白。如果不当我是朋友,他便不会来参加我的婚宴了。"他说,"他这样,我心里也不痛快。"

田皑皑不再说话,和我一样,静静靠着墙。

两个小时后,邱莘被医生和护士从急救室里推出,他们也是这样,轻轻摇着头。邱莘的身上盖着一块白布,余一得走近她,想伸手去触碰,却又缩回手,他喊着她的名字,眼睛里泛着泪花,直至哽咽。

田皑皑把邱莘身上的白布往上拉了拉,盖住了她的脸,血肉模糊的脸。

"这是命,这是她的命。"田皑皑说完,号啕大哭。

余一得捶打着自己的脑袋,张克远上前扣住他的手,不让他动弹。

两个男人你推我攘,相持不下。情绪激动的余一得狠狠踹了张克远一脚,张克远跌倒在地。

张克远站起来,说:"如果打自己有用,或者打我有用,你尽管动手。当下我们要做的不是这个,我经历过的比你惨痛。当时,我的前妻就是这样,就是这样被推出急救室的,我也不知所措。但是,不知所措能挽回一切吗?不能!余一得,你总是这样,你为什么不能控制住自己的情绪,好好想想接下来怎么办?"

余一得蹲在地上,垂着头。

"邱莘的父母都在外地,虽是噩耗,也要及时告知才好。我这就去办。"田皑皑掏出手机。

"我来吧,"声音很轻,来自余一得,"是我造成的事故,由我来说比较好。"

我走到张克远身边,拉住他的手,轻声说:"以前的不幸,都过去了,你不要多想。"

"那年,她也像这样……"

"我懂。都过去了。"

4

　　"邱莘是个从不轻易麻烦朋友的人,在她短暂的人生里,自己解决问题,是她的信条。她喜欢通过电波和她的听众沟通,分享生活以及一切。被人理解是幸运的,但不被理解未必不幸。出事之前,她得过一场疾病,在熬过无数个艰难寂寞的夜晚后,她靠自己,走了出来,她给远行的我打过电话,她告诉我,一个把自己的价值完全寄托于他人的理解上面的人往往并无价值。一个人越是珍视心灵生活,越容易发现外部世界的有限,越能够以从容的心态面对。相反,对于没有内在生活的人来说,外部世界就是一切,难免要生怕错过了什么似的急切追赶。她说,要相信。相信自己,相信内心,相信爱。是的,她爱过,所以,不遗憾。遗憾是留给我们的,我们这些她的朋友。一首短诗,送给邱莘的朋友们——这世上,没有谁能像一座孤岛,在大海里独踞。每个人都像一块小小的泥土,连接成整个陆地。也如同我们的朋友和我们自己,无论谁死了,都是自己的一部分在死去。因为'我'包含在人类这个概念里,因此我们不必问丧钟为谁而鸣,它为我,也为你。"在邱莘的追悼会上,田皑皑念了简短的悼词。

　　追悼会结束后的一个夜晚,余一得约出了上官之桃,他们步行至大江边。这是他们阔别数月后第一次独处,一路上,他和她始终保持着距离,走得不远不近。穿着黑大衣的上官之桃,看起来略显严肃,一头黑发只是垂在双肩,没有佩戴任何首饰。她的黑皮靴踩在雪地上,发出"嘎吱"声。

　　"去年冬天也下过一场雪,但没有今年这场大,这积雪,竟数日未化。"余一得说。

　　"瑞雪兆丰年,也许是个好兆头。"上官之桃说。

　　"一切,都好像发生在一瞬间,我就完成了从青年到中年的穿越。甚至,都来不及去思考,这是不是我想要的。年轻时,我一次次试图破解死亡;中年后,我一次次试图寻求活着的支柱。其实,生命就是一场挣扎。之桃,你呢?你想要的是什么?"

"如果是说理想,我只有一个,想成为顶尖的服装设计师。"

"这个理想,在 A 城可实现不了,你应该离开。"

"你想让我走?"

"不是我想让你走,而是你迟早会走。之桃,你不会属于 A 城的,就好像,你不会属于我。"

"那天晚上,其实……"

"不必解释。你年轻,有才华,对你来说,你的人生才刚刚开始。但是我呢,我对人生已经很疲惫,如今能够有的些许勇气,恐怕也改变不了什么。如果可以,我想为自己,纯粹地活一次。这样的纯粹其实自私,所以,我给不了你什么。除了爱,而这样的爱,从某种意义上来说,是一种拖累。像我前妻说的一样,我这样的人,是注定要孤独的。"

"余一得……"上官之桃抱住余一得,"让我再抱你一次。"

已近子夜,他们在寒风里,纠葛、徘徊,但一切,都避免不了这场离别。

5

浪尖开出的花、幽潭倒映的山、碧海徜徉的鲸。

眉头淡薄的愁、眼角冰凉的泪、嘴边微扬的笑。

细节总是如此奇妙,无一不在证明,这万花筒里的世界并不由我们来掌控。

她不知道他是谁,他在哪里。他不知道她是谁,她在哪里。

他们相遇。然后,他们分离。或许,这就是爱情。

上官之桃走了。余一得也走了。

没人知道他们去了哪里，但能够肯定的是，他们的目的地并不相同。

离别总是仓促，上官之桃甚至不愿让我送行。她说她害怕这个，害怕依依不舍。她走的前一天，我们沿着大江，走了很长一段路。她罩在大衣外面的黑袍子被寒风吹得鼓起，是一只快要飞起的鸟。我不知道她为什么要穿这样一件黑袍子，衬着失修的古城墙，这一切，像是一场葬礼。

她说："李陌，我可能是个不太吉利的人。在 A 城这一年，发生了太多事情。抹茶走了，邱莘也走了。"

"也有好事，我和张克远结婚了。"我说。

"那是你的福分。"

"之桃，不知为什么，我现在愈发相信'苦尽甘来'。你还年轻，还有很多选择，一切，真的才刚刚开始。不管是余一得还是 A 城，对你来说，都只是一段曾经，一段不是太重要的'曾经'。你别高估你的记忆，因为，过不了多久，你就能忘记。"

"他曾告诉我，远古的南方有一对比翼鸟，不比不飞，雄鸟称野君，雌鸟唤作观讳，它们共同的名字是长离。互相追逐且保有距离，精神上的不可分割重于形式上的若即若离，这厮守不同寻常。这种境界……太难，我和他，毕竟都是俗人，所以，都有俗欲。想要占有彼此，掌握彼此，容不得半点瑕疵。"

"之桃，有件事情我从未告诉过任何人。在我十六岁那年，因为养母再婚，我觉得自己被冷落了，承受不住，拉了班里一个男同学，说好一起私奔。他中途退出，留我在车站哭泣，因为害怕，只好折返回家。我难过并不是因为我不喜欢他，而是因为我孤独。孤独，所以抓住任何一种可能性让自己远离孤独，以为有个人陪着一起逃离就是幸福……可是，那不是。"

"你说，爱情到底是什么？"

"以前，我把爱情看得很重，现在明白了一些，爱情从来不会雪中送炭，它只能锦上添花。有些人的生命里，从没发生过爱情，但他们仍然活着，活得也不比其他人差。而有些人呢，运气好，会经历爱情，因为爱情，他们的生活里有了更多光亮。"

"我的生活是有光亮的？"

"当然。我们相信，我们就都有。"

第十八章

醒梦

1

婚后的生活,简单、平淡,是我想象中的样子。至少,目前是。我对经营罗曼史本就有些懒散,况且有那伊在管,更不愿意上心了。所以,上官之桃走后,我显得有些沉闷,沉闷且百无聊赖。除了偶尔和刘太太她们打打麻将,我连桌游馆也不去了。

一日,找见林太太送的美容卡,便想起去看看她。到了美容院门口,发现大门紧闭。这才从刘太太口中得知林太太入狱了。炸毁长兴塔的疑犯推翻了之前的口供,将幕后指使的林太太供出,证据确凿。至于为何突然翻供,据说有人给了疑犯一大笔安家费,数目比林太太之前给的要大得多。还有传言,支付这笔钱的人是田皑皑,为此,她卖掉了自己的房子。

这些事情,张克远应该是早就知道了。他不提,我便不问,大概他不想让我卷入这些是非。只有一次,我提起林氲氲,因为我没忘记林太太的嘱托。张克远说他有意留她,但她非要走,她说她要去找余一得。

我想起上官之桃,一年前只身来到 A 城寻找余一得的上官之桃,那个对爱情满是憧憬的女人,还有,还有那些在我周遭或者已经不在的女人——偏执的抹茶,为了证明自己的爱情,投身冰冷的江水;才情满满的田皑皑,为了情人林五六,毁掉了美好的前程;看似坚强的邱莘,不堪忍受抑郁症的苦痛,渐趋疯狂,又遭遇飞来横祸,香消玉殒;林太太为报复出轨的丈夫,制造了一起轰动全城的爆炸案,并亲手将他送进监狱;看似粗俗的刘太太,用生活的小智慧守护着她的婚姻与家庭,隐忍与付出;坚强的那伊,在丈夫入狱后,撑起了他们的小家,从未放弃等待;执着的胡凌,在她看来,爱情从不意味着得到,也并非守候,只是希望对方幸福……这些女人,做着不同的梦,或勇敢或坚守或执着,甚至无法界定她们的对与错。

说起抹茶,难免就要想起章吾。有天晚上,我在刘太太那里打麻将,去洗手间时,在走廊里撞见了章吾。我低头不语,想假装没看到他。没想到他叫住了我:"李陌!"

"有事?"我问。

2

章吾压低声音:"本想这几天过去找你,茶楼里忙,走不开。我想着,抹茶的祭日就快到了,我想去……看看她……"

"应该的。"

"但是,我不知道怎么跟我太太说,所以,希望你能和刘太太商量下,就说是她差我到外地去办事……老板娘发话了,她总会信的。"

"你去当然可以,只是,抹茶的家人能同意吗?"

"这个,我也想好了。我有一点钱,不多,但是愿意给他们,他们能够用这钱重新修葺一下抹茶的坟墓也好,其他用处也好,这些,我不管。"他好像很着急,想尽快结束这次谈话,"后厨还有事,我就先走了,拜托拜托!"

我顿了顿,叫住他:"章吾,我和你一起去吧。"

见我有些萎靡,张克远也曾建议我出去走走,而我早就有去看看抹茶的打算。

抹茶跟我说过她的家乡。她的家就在长江边上,那里盛产美酒,很多外乡人去那里就是为了品上一杯美酒。她的家人,在她年幼记事时,是酿酒的。她的父亲是个心气很高的人,在她八岁时,他和朋友拼酒,喝倒在了酒缸旁。没有死,却也没有醒来,成了植物人。当时她哥哥也才十岁,母亲没有能力,父亲留下的一座酿酒作坊很快就被她的叔伯们占为己有了。她母亲本可以改嫁，但她没有，用尽全力拉扯一双儿女，希望他们快快长大。出来当服务员之前，抹茶参加了一次高考，但落榜了。

对我和章吾，抹茶的母亲和哥哥都很客气，一则是我们大老远过去，多少有些惊喜和感怀；再则，也许是因为章吾给的那点钱。青砖红瓦的小楼房应该是新盖不久的，一楼客厅里挂着一张抹茶的黑白照片。抹茶的嫂子下厨，做了一桌丰盛的饭菜，抹茶的哥哥拿出几瓶当地产的酒，果然是香气馥郁、入口甘醇。

抹茶的坟砌在一个山头上，抹茶的哥哥说，这是一块风水宝地，本来是给她父母预备的，他还说："可惜我妹妹没有成家，也没能留下一儿半女，这样的风水，她如果有后代，后代里是要出大富大贵之人的。"

听到这话，章吾的眼睛里泛出了一层泪花。他拿出一沓写满文字的纸张，一张张烧。此情此景，一个大男人哭倒在坟前，烧着他给故去恋人写的诗歌，我也有些感动了。

"别哭了，抹茶如果泉下有知，她会原谅你的。"我扶起章吾。

"我不求她原谅。"

"有时候，原谅一个人，是为了让自己觉得值得。值得付出、值得牺牲。"

3

再见余一得，是在他出版的新书里。他的照片在折页上，站在大江边，只是一个瘦高的背影。

书的名字叫《半城烟沙》，扉页的右下角有一行小小字：空了一半的我在这空了一半的城。

书是余一得送给张克远的，邮寄，留了一个不太明确的地址，但邮戳表明他身在北京。因为新年将近,我也收到了上官之桃的礼物,一件红色的大衣,过于华丽,不太适合我。她在上海。

偶尔打开邮箱,也能收到上官之桃发来的邮件,只言片语,附上她新近拍的照片,依然容光焕发,但神色里少了一点什么。这东西,大概每个女人成熟后都会丢失,一种被称为"无畏"的年少时候才有的气质——没头没脑的坚定和自始至终的相信。

张克远说,一个人懂得惧怕了,是好事。早早晚晚,我们会明白输不起的是什么,也许是青春,也许是光阴,也许是我们自己,也许是身边的人。

有天,上官之桃打来电话,邀我去上海,她和她的作品将在某春装发布会上出现。她来机场接我,傍晚时分,天空黑得出奇,像浓得化不开的墨。出租车上,她轻轻捏着我的手,告诉我一切都好。

剪了短发的上官之桃,穿一件墨绿色羽绒服,搭配牛仔裤,脚上是一双厚重的雪地靴,显得很中性。这中性并没有减掉半分她天生就有的女人味,反而增添了几分趣致。在衣着上可以随心所欲,亦是年轻的好处。

吃过晚饭,找了家咖啡馆。

我拿出那本《半城烟沙》,递给她。

她笑:"我已经有一本。"

"你们见过了?"

"书是我自己买的。"

"听张克远说,这几天余一得也在上海。"

"挺好。"

"什么'挺好'?"

"在同一个城市,却不见面。"

我喝了一口咖啡:"总觉得哪里的咖啡都不如'罗曼史'的。"

"想 A 城了?还是想张克远了?"

"说不上想，也不是不想。反正他就在那里，不会跑掉。"

"有时，你冷漠得出奇。"她笑。

"那书，看了吗？"

"没看。只是买了，放着。想说，也是一个纪念。"

"我看了，"我说，"看了两遍。就一个感觉，如果没有 A 城，没有大江，没有你，他就写不出这本书。"

"写的什么？爱情？"

"确切地说，是一种感情。"

"感情？"

"因为一座城爱上一个人，因为一个人爱上一座城，然后，又因为爱而分离——那样的感情。"

上官之桃没有说话，她靠着沙发，一直在笑，嘴角上扬，眼睛里却没有一丝笑意。

4

在一个堪称权威的春装发布会上，上官之桃有了自己的舞台。

他们评价她的作品：春日里第一缕阳光，她的性格中有永不消失的晴朗。叛逆、另类、无谓、超脱。新生代杰出的服装设计师。

模特们鱼贯而出，她站在她们前面，穿着余一得最喜欢的黑裙。掌声响起，他站立，久久注视着她。她像是未受过任何伤害的安琪儿，笑容甜美如初。她说，谢谢。

他已彻底离开她，他说，长痛不如短痛，不能再耽误。意料之中的别离。他陪着她走完这段路，她已经有力量独自前行，他仍可默默关注。她哭泣、挣扎、疼痛、纠结。

余一得始终记得那个分别的夜晚,他们在冷风里互相嘲笑,他甚至动怒了。

"你爱我吗？爱或者不爱,用我的方式回答。"她说。

"大爱,才大决断。"

"只需告诉我,爱或者不爱。"

他沉默,她一直在说话,不清楚自己的表达是否正确。她甚至踹了他一脚,却又把他抱住。他们拥抱着,在子夜时分的大江边上。她努力扣住他的腰背,他触碰到她冰凉的脸颊,可是,他必须就此打住。

余一得知道上官之桃不会垮,尽管她的哭泣让他痛彻心扉。至于他的疼痛,永远不打算告诉她。年龄的差异,他已经学会隐藏悲伤,她还需要成长。

爱情的确不是任何高尚的道德和华美的辞藻能定义的。她也的确有权利自由去爱,自由被爱。遗憾的是,他们坚守不了这些过于自我的主张。贪爱是罪魁祸首,沦陷是更大的错误,他要托住她。不然,她濒临的境地远比陷阱恐怖。那是深渊,不可见底的深渊。

上官之桃走下舞台,寻找余一得的身影。她有些明白了,关于他当时的决绝和狠心。如果可以,她想轻轻拥抱一下他。

凡梦寐都需清醒,凡故事都得终结。他选择继续行走,云层垂垂、行人漠漠、雾蒙蒙的天空遮蔽了所有幻想。看似繁华而井然有序的城市,每张佯装宁和的脸都难以掩盖内心的波涛汹涌。

几天后,在无数充满溢美之词并表达深切祝贺的邮件里,她找到一封来自他的简短的邮件,他写道:爱有无数方式。你去远方寻找自己,我站在这里等你;你去远方寻找自己,我一路追随;你去远方寻找自己,我和你分道扬镳。不管哪种,请相信爱。

5

凡故事都有终结,你们的罗曼史也不例外。

－完－